Zan au SAS

Anne-Marie Saint-Cerny

À Anaïs et Janie

LIVRE
Alex Brazeau : illustrations de l'intérieur et de la couverture
Bruno Paradis : conception de la couverture
Folio infographie : conception graphique et mise en pages
Brigitte Blais : révision
Audrey Faille : correction d'épreuves

SITE WEB
Anne-Marie Saint-Cerny : concept et idéation
Alex Brazeau : illustrations
Gabriel Morin : musique, conception Web, programmation, direction
artistique
Anaïs Faubert : création, direction artistique, photomontage, illus-
trations
Maximilien Faubert : animation 3D, vidéoclips
Laurent Brais-Bissonnette : illustrations, photomontage

Merci à Alexis et Janie Masse-Dufresne, à Rihab Chaieb, à Sophie
Desroches, à Félix Pouliot, à Sabrina Desjardins, à Vincent François,
à Daniel Green et à Alain Dufresne.

Imprimé au Canada

ISBN : 978-2-89642-025-4 à 1,49 $
ISBN : 978-2-89642-027-8 à 9,95 $

Dépôt légal – Bibliothèque et Archives nationales du Québec, 2007
© 2007 Éditions Caractère

Gouvernement du Québec – Programme de crédit d'impôt pour l'édi-
tion de livres – Gestion SODEC

Visitez le site des Éditions Caractère
www.editionscaractere.com

Pour accéder à la page de Zan et de ses amis, vous devez d'abord vous inscrire, en cliquant sur « Pour joindre le monde de Zan, clique ici » à *www.aventurezan.com*. Remplissez les cases selon les instructions.

En lisant le livre, chaque fois que vous voyez le pictogramme ⌐◖, allez sur le Web et ouvrez votre session. Inscrivez le nouveau code secret que Zan vous donne. Vous pouvez aussi utiliser un code précédent pour retourner sur les pages perso chaque fois que vous en avez envie.

Lisez les blogues de Zan. Elle vous donne des indices et des informations.

Cliquez sur « Ma musique » et l'écran vidéo. Vous aurez des surprises !

Promenez-vous sur les pages perso des amis de Zan. Les façons de s'y rendre sont multiples. À toi de les découvrir.

Tapez dans *Troouve* les mots que Zan vous indique. Des informations apparaîtront. Attention ! Parfois, Zan donne de mauvais indices. Il faut les chercher !

La page « Aide », dans le menu des pages perso, peut aussi vous être utile.

Amusez-vous !

Note de l'auteure

Lostmax devient pour Zan un ami virtuel, un confident, une personne sur qui elle peut compter et en qui elle peut avoir confiance aussi.

En revanche, les aventures de Zan ne sont que de la fiction. Prends bien garde de ne pas courir de risques avec des amis virtuels inconnus. La vie n'est pas un roman ! Bonne lecture...

ANNE-MARIE

2 h du matin ! — À mon appartement, toute seule, presque.

Il fait chaud, il fait noir. Sombre et mauvais. Juste des pas dans la rue. Des pas qui claquent.

D'accord !

Du calme, Zan ! Calme-toi !

Et toi, Élixir, viens sur mon épaule !

Viens me rassurer, mon beau petit *cockatiel* apprivoisé !

J'entends plein de bruit dehors, cette nuit.

Ça me ressemble pas de m'énerver juste pour du bruit !

Mais quand même, cette nuit, ce n'est pas une nuit normale !

Et aujourd'hui, ce n'était pas une journée normale !

J'ai trouvé des animaux morts aujourd'hui, au SAS. Des chatons, des petits oiseaux. Beaucoup. Beaucoup trop. Pas normal. Le SAS, c'est la nouvelle école de cirque où je suis obligée d'aller passer l'été.

Ces chatons, ces oiseaux, je le sais, ne sont pas morts tout seuls.

ON LES A TUÉS !

Aujourd'hui, au SAS, j'ai rencontré des gens pas clairs. Qui se cachent et font des choses affreuses.

ET CETTE NUIT, j'ai fait une expédition au SAS.

ET J'AI VU!

Il y a un mystère au SAS. Un mystère qui fait peur! Les gens, là-bas, aussi me font un peu peur! Pas les jeunes, les autres, les adultes! Ils sont bizarres!

Ça tourne dans ma tête cette nuit! Qu'est-ce que je devrais faire? Parler à quelqu'un de tout ce que j'ai vu là-bas?

Mais à qui? À qui pourrais-je le raconter?

Il me semble que je ne connais personne!

Il me semble que je suis toute seule.

Toute seule.

4 h — Il n'y a même pas une once de vent.
Je crève dans l'appartement.
Ça fait deux heures que je tourne en rond.

En rond! C'est beaucoup dire!

L'appartement est grand comme mon écran d'ordinateur! Et je trébuche toujours sur le lit de maman dans le salon. Je ne dois pas la réveiller. Elle est très malade, maman!

En tout cas, une chose est sûre. Dans quatre heures, il faut que je retourne au SAS. Sinon... Sinon, ça va mal. Madame Beck va revenir me voir, c'est certain. Et si je ne suis pas au SAS, comme elle le veut, elle va amener maman à l'hôpital. Je ne sais pas ce qu'elle va faire de moi non plus ! Je ne sais pas où elle m'enverrait ! J'aime mieux ne pas y penser !

Mais avant de sortir d'ici, demain matin, pour aller au SAS, il faut que je trouve le moyen de parler à quelqu'un !

Parce que, après mon expédition de cette nuit, je crois que je dois me protéger ! Et protéger maman.

D'habitude, je trouve les nuits longues. Mais là, sans une seule idée pour m'aider, je trouve le temps court. La vie est longue, mais courte par petit bout... comme disait l'autre dans sa chanson... Tiens, c'est une idée ! Pour me calmer, je devrais peut-être essayer d'écrire une nouvelle chanson. Est-ce que je peux ?

Non. Pas capable. J'ai le cerveau trop énervé. Je n'ai pas d'idées, je n'ai pas de mots. La seule idée qui me vient, c'est de regarder le temps passer à la foutue vieille horloge. Celle-là, si ce n'était pas un souvenir de famille, je la casserais en petits morceaux ! Tic tac tic tac... Les gens devaient devenir fous, dans l'ancien temps, à force d'entendre toujours tic tac tic tac ! Je l'avais toujours trouvée belle, la grosse horloge avec son balancier, mais cette nuit, je donnerais n'importe quoi pour avoir un cadran numérique avec de gros chiffres en lumières rouges...

Oups !

C'est quoi ça ? Qu'est-ce que j'entends ?

Il y a quelqu'un qui monte chez moi, à l'appartement ?

Quelqu'un m'aurait suivie jusqu'ici ?

Cette auto que j'ai vue, en m'enfuyant du SAS tout à l'heure ?

4 h 22 du matin !

Ouf ! J'ai les mains toutes moites.

Avoue-le, ma vieille, t'as eu peur ! Il y a eu un bruit. Des pas encore, dehors. Mais, cette fois, on aurait dit que quelqu'un montait l'escalier. Je me suis approchée de la fenêtre en glissant les pieds sur le plancher pour ne pas faire de bruit. Je n'ai pas osé bouger les rideaux. J'ai regardé par la fenêtre, mais il n'y avait que du noir.

Que du noir.

C'est fou, je suis en pleine ville. Il y a des lumières partout, et pourtant ma rue est sombre comme... comme le velours noir. Aucune lumière, un vrai piège ici. C'est sombre quand on habite au fond d'un cul-de-sac.

Bon. Je suis encore en train de m'énerver ! Et ça ne me donne pas une idée, ça, m'énerver !

Bon.

Comment je me calme ?

Bien ! Comme d'habitude, je suppose.

Moi, dans ma vie, il y a une seule et unique façon de passer à travers les problèmes, c'est la musique. Si je n'ai pas le cerveau pour écrire une musique, alors je vais écouter celle des autres. Une vieille musique, les vieux disques de maman. *Pink Floyd*, tiens !

Idiote !

Tu trembles parce que tu as peur des bruits et tu vas te mettre deux écouteurs sur les oreilles ? Et si quelqu'un approche ? Comment vas-tu l'entendre ?

D'accord ! D'accord ! Une oreille pour la musique... et une oreille pour écouter les bruits dans le noir...

6 h

The Wall ! Le mur ! Pas vraiment un bon choix de musique !

Parce que le mur, c'est exactement ce que j'ai devant moi. Un mur lisse, pas de sortie. Deux heures à écouter de la musique et le seul résultat, c'est que je vois la lumière du jour rosir le ciel. C'est déjà le matin. Je n'ai plus que quelques heures devant moi avant de retourner au SAS ! Qu'est-ce que je fais ?

Ou bien je retourne au SAS et je sens un danger ! Ou bien je ne retourne pas au SAS et alors...

Je suis vraiment toute seule.

7 h ! Le ciel est devenu tout lumineux !
Mon cerveau aussi ! Enfin !

Il était temps que je trouve une idée !

Je suis peut-être toute seule, mais je ne suis pas seule, j'avais oublié. J'ai des amis, même si je ne les ai jamais vus ! Mes amis virtuels, mes amis sur le Web, ceux à qui j'écris tout le temps ! Bonne idée que j'ai eu d'écrire un journal, de tout garder. Je vais m'en servir pour leur faire lire ce qui s'est passé aujourd'hui !

D'accord. Mais à QUI ? Qui, dans tous mes amis virtuels, peut m'aider ? En qui avoir confiance ?

Hummm...

En lui. Oui, en lui.

Lostmax !

Lostmax, je ne l'ai jamais rencontré, évidemment.

Mais depuis deux ans qu'on s'écrit des courriels, il a toujours été gentil. Je peux lui confier tous mes problèmes, car il répond toujours intelligemment. C'est drôle quand même, je ne sais même pas quel est son âge ni où il habite. Mais, pour l'instant, ça ne fait aucune différence. Je sais qu'il est fiable. Et puis, ce n'est pas rien : il aime la musique que je compose, et j'ai toujours un petit pincement de plaisir quand il me l'écrit. Mais, pour l'instant, il faut ABSOLUMENT qu'il réponde. TOUT DE SUITE. AVANT QUE JE RETOURNE AU SAS.

7 H 26 ZAN ÉCRIT :
LOSTMAX
Es-tu là ? Besoin d'aide. Urgent ! Mainte-
nant.

J'ai failli ajouter « J'ai peur ».
Pourvu qu'il soit en ligne !
Pourquoi est-ce qu'il ne répond pas ?
Zut ! Parce qu'il est 7 h et que tout le monde
dort !

7 H 35 ZAN ÉCRIT :
Lostmax, réponds-moi ! J'ai besoin d'aide.
Urgent !
Maintenant.

7 H 45 LOSTMAX ÉCRIT :
Parle. Je suis là.

Enfin !

7 H 45 ZAN ÉCRIT :
Non. Pas le temps de te le raconter.
Trop pressée. Lis toi-même ! J'ai fait du
coupé-collé de mon journal d'aujourd'hui,
la journée du 23 juin. Ma journée au SAS.
Lis tout ce qui suit, que je t'ai mis en
pièce attachée. Et dis-moi quoi faire.

7 H 46 LOSTMAX ÉCRIT :
De quoi parles-tu ? Quel SAS ?

7 H 46 ZAN ÉCRIT:
Je parle du SAS, ma nouvelle école de
cirque où les Services sociaux m'ont
obligée à aller. Des choses étranges là-
bas. Des choses qui me font peur.

7 H 46 LOSTMAX ÉCRIT:
Tu n'as pas trop d'imagination?

7 H 47 ZAN ÉCRIT:
Non. Tu verras. Lis ce que je t'envoie.
Épluche tout!

7 H 47 LOSTMAX ÉCRIT:
Tu m'inquiètes Zan.

7 H 48 ZAN ÉCRIT:
J'ai des raisons. Lis tout, la journée du
23 juin. Dis-moi ce que je dois faire. Et
écris-moi! URGENT. Écris seulement à
mon adresse Web, en entrant le code
secret Danger.
À PARTIR DE MAINTENANT, JE TE DON-
NERAI TOUJOURS UN CODE SECRET QUE
TU DEVRAS ENTRER POUR ACCÉDER À MA
PAGE PERSO. ENTRE TOUJOURS LE CODE
SECRET! C'EST LA SEULE FAÇON DE RESTER
SECRET ET EN SÉCURITÉ.
Écris-moi! Je t'en supplie, le plus vite
possible.

23 JUIN

8 h — Je suis là où je vais toujours me cacher !
Dans les terrains vagues, près des vieilles
usines démantibulées.

Si les méchants de la bande à Lazarr n'avaient
pas déchiré ma chanson ce matin, je ne serais
JAMAIS allée au SAS. Mais, mes chansons, ma
musique, c'est tout ce que j'ai dans la vie. Et ce
matin, ils ont détruit ce que j'ai écrit. La seule
chanson heureuse que je n'aie jamais écrite !
C'est tout ce qui reste.

> *Je veux danser*
> *Dans le soleil*
> *Sauter*
> *Dans la lumière*
> *Voler très haut*
> *Dans le ciel*
> *Marcher loin*
> *Marcher fière*

J'étais pourtant bien cachée dans les terrains
vagues. J'ai une cachette, un recoin de vieilles
planches, devant une grande flaque d'eau sale.
Moi, je m'imagine que c'est un beau lac. C'est
juste à côté de la cabane du Vieux, le sans-
abri qui parle tout seul. Mais moi, il ne me
fait pas peur. J'imagine même qu'il est mon

grand-père. Des fois, je vais le voir juste pour faire semblant qu'il prend soin de moi.

Mais, ils m'ont trouvée quand même ! La bande à Lazarr, les petits jeunes durs du quartier.

Ils ont commencé par arroser le Vieux d'eau sale. Il a essayé de fuir, mais il est tellement vieux et fatigué ! Ils l'ont poussé et il est tombé.

— Ça suffit !, j'ai crié en sortant de ma cachette.

Ça me faisait mal de voir le Vieux malmené. Mais j'aurais dû rester cachée.

— Tiens, les gars ! On en a deux pour le prix d'un aujourd'hui !

— Laissez-moi tranquille ! Et laissez-le tranquille !

Ils ont commencé à m'arroser aussi.

— C'est la fille bizarre, les gars ! La fille qui écrit tout le temps toute seule ! Qu'est-ce que t'écris comme ça ? Tes secrets ? On veut les voir ! Venez voir les gars !

Ils étaient cinq. Ils ont commencé à me pousser. Je suis tombée.

— Hé ! Qu'est-ce que tu tiens dans tes mains ? Donne-nous ça !

— Non !, que j'ai fait en essayant de cacher mon carnet.

— Eh ! Les gars ! Mademoiselle écrit ses secrets ! Allez ! Donne-nous tes papiers qu'on rit un peu !

Ils ont attrapé la feuille, ils l'ont tirée. Et ils sont partis en riant des mots que j'avais écrits.

Ça m'a fait mal. C'est toute ma tête secrète que j'ai dans ces mots-là! C'est comme si j'étais devenue toute déshabillée.

Je n'en peux plus!

C'est tous les jours pareil. Je ne sais plus où me cacher dans le quartier pour échapper à la bande à Lazarr!

— Venez!, j'ai dit au Vieux en le remettant debout quand le danger a été écarté.

— Ce sont les méchants, qu'il a balbutié, tout confus. Il y a des méchants ici.Partout.

— Oui, oui. Venez!

— Beaucoup de méchants. Les animaux meurent. Partout. Allez-vous mourir aussi?, qu'il m'a dit en me regardant. Il avait les yeux tristes.

— Non, bien sûr que non!

J'ai souri pour le rassurer. Je l'ai ramené se coucher dans sa cabane, dans son lit. Enfin, sur ses journaux parce que son matelas est fait de vieux journaux qu'il a ramassés.

Puis, j'ai sorti l'enveloppe qui contenait la lettre de madame Beck, la dame des Services sociaux à la jeunesse, celle qui m'oblige à aller au SAS, là où je ne veux pas aller.

J'ai regardé l'enveloppe longtemps. Je n'ai pas osé l'ouvrir. De toute façon, je sais ce qu'il y a dedans, pas vrai?

Qu'est-ce que je fais?, je me suis demandé.

J'y vais, à ce SAS, ou je n'y vais pas?

J'ai réfléchi longtemps. Mais je suis une fille responsable. J'ai des responsabilités. J'ai maman à protéger. Elle ne voit rien. Elle n'entend rien, maman. Elle est couchée dans son grand lit, au milieu du salon, malade. Mais on peut lui faire mal, me l'enlever et la mettre dans un mouroir, un hôpital pour légumes vivants, pour gens super malades, un hôpital loin, loin, loin de chez moi.

Je n'ai pas le choix.

C'est soit que j'endure la bande à Lazarr tout l'été et les menaces de madame Beck, des Services sociaux, soit que je vais au SAS.

J'ai serré les dents.

J'ai relevé la tête.

Et j'ai visé le SAS.

À neuf heures du matin pile, j'ai ouvert la porte du fameux SAS.

9 h — Ça y est ! Me voilà dedans !
Le fameux fameux fameux SAS !

Je pousse la porte… et je ne vois rien ! Dehors, le soleil nous inonde. Dedans, c'est la nuit. La nuit et un épais brouillard qui me fait tousser. Je me dis, tiens ! C'est une bonne excuse pour partir : je ne pourrai pas rester ici, mon asthme revient. Trop de poussière, trop de je ne sais quoi, une espèce de brume comme dans les films qui font peur, au ras du sol et qui enveloppe les jambes.

Mais, manque de chance, j'arrête de tousser ! Plus d'excuses pour partir !

Alors, mes yeux font le tour de ce bizarre d'endroit.

Des tuyaux qui pendent, des machines brisées, de la rouille, des ampoules de lumière au bout des fils. Un bric-à-brac tout à l'envers.

Et des ados. Des ados partout.

Des adolescents grimpés aux murs, suspendus à des fils, volant au-dessus de ma tête... Fou !

Je me dis que je rêve !

Mais je ne rêve pas !

Et je reste plantée là, à l'entrée sans bouger.

— Salut !

Un monsieur s'est approché sans que je le voie. C'est sûr, avec toute cette brume, on ne voit rien ici ! Il doit être un acrobate ou quelque chose comme ça parce qu'il porte un costume de gymnastique et, surtout, parce que ses muscles de bras sont vraiment impressionnants. Il ne sourit pas, mais il n'a pas l'air trop méchant non plus. Moi, je lui réponds juste ce qu'il faut par politesse. Je n'aime pas parler. Surtout quand je n'ai rien à dire.

— B'jour m'sieur.

— Tu viens apprendre le cirque ?

Je hausse juste les épaules.

— Tu en as déjà fait ?

— Non.

Vraiment, je réponds du bout des lèvres.

— Eh bien ! Tu apprendras ! Qu'est-ce qui t'amène ici ?

— Forcée. Je suis obligée de venir ici pour cet été.

Il fait semblant de sourire.

— Ils sont tous forcés de venir ici, il me dit en montrant les voltigeurs. Au début, personne ne vient parce qu'il en a envie. Après… Après, tout le monde adore ça et est heureux d'être ici!

— Hummm…

Je suis sceptique. Et puis, ce monsieur qui ne sourit jamais, ce n'est pas l'image du plus grand bonheur quand même! Même qu'un visage fermé comme le sien, ça donne un peu de frissons dans le dos. Pas du bonheur!

Mais évidemment, je fais semblant de rien.

— Mon nom est Rom. Et toi?

Mon nom est Rom! Pourquoi pas « Mon nom est Bond, *James Bond* », comme dans le film tant qu'à faire! Mais je ne lui ferai pas la farce! Je ne sais pas pourquoi, mais il ne me donne pas envie de faire des blagues, celui-là. Et puis, de toute façon, moi non plus, les blagues, ce n'est pas ma spécialité!

— Zan! Je m'appelle Zan!

— Alors Zan, qu'est-ce qui t'oblige à venir au SAS?

Je lui tends l'enveloppe avec la lettre de madame Beck à l'intérieur.

Il la prend, la regarde. Pas besoin de faire un dessin. Il a compris tout de suite. C'est écrit sur l'enveloppe : SERVICES SOCIAUX — AIDE À LA JEUNESSE.

J'ai honte. Pourquoi est-ce que je ne peux pas décider toute seule de ma vie ? Pourquoi est-ce que j'ai besoin d'une madame Beck, du gouvernement, qui me dit ce que je dois faire, où je dois aller cet été ? Je suis sûre que je suis rouge, mais Rom ne voit rien. Il fait juste me regarder.

— Suis-moi, Zan !

C'est tout ce qu'il dit !

Il n'a pas l'air d'aimer trop parler, lui non plus. Je le suis en ouvrant grand mes yeux. Le SAS loge dans une vieille usine désaffectée. C'est gigantesque, beaucoup de coins et recoins, de couloirs et de pièces pas éclairés.

Depuis que j'habite dans ce quartier, plein de vieilles usines vides, j'ai toujours pensé qu'il n'y avait rien ni personne là-dedans. C'est plutôt triste et lugubre comme endroit. Jamais je n'aurais imaginé qu'on enfermait des adolescents là-dedans. Même pour leur apprendre le cirque.

En tout cas, je me dis, c'est l'endroit idéal pour me trouver une cachette, un petit local vide, au bout d'un couloir, pour me cacher. Me cacher de madame Beck, me cacher de la bande à Lazarr. On ne me retrouvera jamais là-dedans ! C'est immense ! Et puis, madame Beck ne pourra pas dire que je ne viens pas SAS !

Aïe ! Ouah !

Qu'est-ce que c'est ça ?

Qu'est-ce qui se passe ?

Quelque chose vient de m'attraper par les chevilles. Et comme il y a plein de brume au sol, je ne vois pas ce que c'est. Et je n'ai rien vu approcher de moi...

Je reste figée ! Clouée ! Paralysée ! Cimentée !

La *chose* est vivante. Je sens un contact en haut de mes souliers et qui monte le long de mes jambes.

Des serpents ! Des lézards ! Des anguilles ! Non, pas des anguilles, ce sont des poissons ! Mais en tout cas, des serpents, c'est sûr !

Il y a des serpents dans cette vieille usine !

J'ai horreur de ça, de tout ce qui est visqueux. Et je sens la *chose* qui monte, qui monte... là, c'est plus fort que moi ! Un énorme hurlement sort de ma bouche...

— N'aie pas peur !

— Quoi ?

La *chose* parle ! Je baisse les yeux et je vois... je vois...

Deux jambes !

Deux jambes dressées droit devant moi et qui sortent de la brume. Et pas de tête ! Comme un être humain qui ne serait que deux jambes !

Et ces deux jambes se sont enroulées autour de mes épaules, comme si on était des amis. Cette fois, c'est vrai ! Je suis tombée en enfer. Dans un enfer peuplé de pieuvres !

C'est trop! On ne me touche pas comme ça! Je commence à me débattre pour essayer de défaire ces deux jambes qui me font prisonnière par les épaules.

Et là, tout d'un coup, ça part à rire! Un éclat de rire, sorti de la brume! Un rire qui vient de mes pieds!

Et sans prévenir, les jambes retournent sous la brume! Devant moi, j'ai tout à coup une tête!

Un garçon, mon âge, des cheveux noirs qui lui retombent sur le visage, un visage tout bleu de maquillage! Et un sourire à faire fondre une banquise. C'est sûr, il se moque de moi!

— Tu ne dois pas avoir peur de moi...

Je suis un instant décontenancée. Une vraie musique, sa voix! Je l'entends déjà, dans mes oreilles, chanter une de mes chansons. J'ai des réflexes de vraie musicienne professionnelle, moi!

En tout cas, pour lui cacher que j'ai eu vraiment peur, je prends un air fâché. Mais il ne perd pas son sourire. Ma colère a l'air de lui faire autant d'effet que... que... la pluie sur un parapluie! Ça me rend encore plus fâchée, fâchée parce que je suis gênée. Je n'aime pas qu'on découvre mes faiblesses.

— Bienvenue au SAS! C'était ma façon à moi de te souhaiter la bienvenue!, qu'il dit. Je suis contorsionniste. Et je préfère marcher... sur mes mains!

Très drôle! Je serre les dents. Il rit. Frustrant!

— Je m'appelle Filis. Et toi?

— Zan! Excuse-moi, je dois partir!, je dis en lui lançant un regard foudroyant.

Et je le laisse planté là!

Moi, je crois qu'il est temps que je trouve ma cachette! Je n'ai finalement pas très envie de rester ici!

Je regarde! Personne ne s'occupe plus de moi!

Parfait!

Je mets le cap vers le fond de l'entrepôt. Direction: couloirs obscurs!

SAS, toujours le premier jour, 10 h —
À la recherche de mon paradis caché!

Fait noir là-dedans!

Je marche dans un premier couloir, long, long, interminable!

Plutôt un souterrain! Je ne vois rien, je me cogne sans arrêt sur toutes sortes d'objets bizarres et inconnus. Chaque fois que je trouve une porte, je la pousse, mais, rien à faire, aucune ne s'ouvre. Ça sent la rouille, la poussière et une odeur acide. Je me remets à tousser. Ça y est, je vais me taper une vraie crise d'asthme et, évidemment, j'ai oublié ma pompe à la maison!

Je continue d'avancer, je n'ai pas le choix! J'ai dû tourner deux ou trois fois, dans d'autres couloirs, je n'entends plus les gens dans la grande salle d'exercice de l'école de cirque. Je m'arrête !

La vérité c'est que je suis perdue !

Je suis dans le noir total, avec des portes cadenassées partout ! Et je tousse. Et si je ne me retenais pas, je crois bien que je pleurerais. Juste un peu.

Quelque chose me frôle encore les jambes ! Filis ! Je crois que je vais l'embrasser ! Il m'a retrouvée ! Je baisse les yeux.

Ce n'est pas Filis !

Il n'y a personne.

Rien !

Je deviens un peu folle ou quoi ? Il n'y a strictement rien à terre ! Je veux bien qu'il fasse noir, mais… Et tout à coup, j'aperçois devant moi deux petites flammes, deux minuscules points brillants.

Un chat ! Un chat noir ! Un minuscule chaton avec ses petites pattes de laine qui essaie de grimper sur mes jambes ! La plus belle petite chose au monde !

— Tu as peur aussi, pas vrai petite bête ? T'es perdu ?

Je le prends dans mes bras, il grelotte dans l'humidité et se met à miauler.

— Ne crains rien, je ne te ferai pas de mal. Où est ta famille ? Où est ta maman ? Tu es trop petit pour être tout seul.

Oups !

Il me sort des bras et se met à courir. Je le suis, en courant aussi. Il disparaît par une porte ouverte. Je pousse la porte.

Noir total ! Une vraie caverne !

Il doit bien y avoir une lumière quelque part ! Je touche le mur avec mes mains. Du béton lisse. Et tout à coup, ça y est ! Un interrupteur.

J'allume.

Une seule ampoule, au bout d'un fil. Je suis dans une petite pièce, comme un petit cagibi, pas grand, tout sale. Encombré de cuves pleines d'eau brunâtre.

Je fais le tour des cuves en cherchant le chaton.

Je m'accroche les pieds dans tout plein de petits bols d'eau, posés sur le sol.

— C'est ici ta famille, petit minou ? C'est pour elle qu'on a mis de l'eau à boire ?

Mais où est-il donc passé ? Je ne le vois plus !

Tout à coup, hop ! Il est là, devant moi ! Tout petit, tout tremblant et qui me regarde avec ses deux petits yeux tristes.

Mais il n'est pas seul !

Il y a au moins trois familles de chats ici. Les mères et une quinzaine de petits chatons, tous pareils à celui que j'ai suivi.

Mais, ceux-là ne courront jamais nulle part.

Pas parce qu'ils sont en peluche.

Mais parce qu'ils sont tous morts.

Entassés dans un coin.

Une montagne de petits cadavres.

Je ne sais pas combien de temps que je reste assise ici, dans le petit cagibi funèbre.

Une heure, deux peut-être? Je me suis laissée tomber le long du mur et je contemple les chats. Des gouttes d'eau sale tombent du plafond, sur moi aussi.

Mais je ne sens plus rien. Je suis catastrophée!

Comment tous ces chats sont-ils morts? Et pourquoi leurs petits cadavres sont-ils entassés ici? Parce que c'est ça, le plus étrange. On dirait que quelqu'un les a empilés dans un coin. Ils ne peuvent tout simplement pas s'être amassés les uns par-dessus les autres, comme ça! C'est comme si quelqu'un a délibérément caché les petits cadavres en faisant un tas derrière les cuves.

Qu'est-ce que ça veut dire?

Est-ce que tous ces chats ont choisi de venir mourir ici, au fond de cette vieille usine, dans cette petite pièce inconnue de tous? Parce qu'on dirait bien que personne ne peut connaître cet endroit. Moi, je l'ai découvert juste par hasard, en suivant le petit chaton.

Et de quoi sont-ils tous morts? Parce que je veux bien que des chats adultes meurent de vieillesse, comme les êtres humains. Mais les petits? Tous ces petits chatons qui devraient normalement être aussi pleins de vie que le petit chaton survivant? Qu'est-ce qu'il leur est arrivé?

De quoi sont-ils morts? Je regarde mieux autour de moi. Les cuves d'eau, les petits bols, beaucoup de déchets. Mais de quoi sont-ils morts?

Il faut que je me secoue! Il faut que je bouge! Quelque chose de terrible est arrivé ici, et il faut que je le découvre.

Courage, vieille Zan, courage! Je me lève. Je m'approche des chatons, le cœur serré. Et puis, je serre aussi les dents. C'est idiot que ce soit l'été. En hiver, j'aurais eu des gants pour les toucher. Et là, je n'ai que mes mains nues.

Je me penche sur les cadavres. En fermant à moitié les yeux, pour voir sans voir, je commence à les toucher délicatement. Je déplace une maman, une belle chatte au poil gris avec le museau blanc. Sous elle, il y a trois petits chatons. Je commence à palper les petits corps, je regarde dessous, sur les côtés.

Aucune blessure. Rien. Rien pour expliquer qu'ils soient morts.

C'est tout simplement comme si, tout à coup, ils avaient été foudroyés par une sorte de foudre intérieure!

Je me relève.

Je regarde.

C'est impossible! Une raison pour leur mort, il y en a une, c'est certain. Simplement, je ne la trouve pas. Comme si un être malveillant avait provoqué ces morts. Et pourtant, personne n'a jamais mis les pieds ici à part moi, j'en suis sûre.

Personne ?

Personne ?

C'est faux. Je me trompe. Quelqu'un connaît cet endroit. Quelqu'un vient dans cette petite pièce perdue au fond de la vieille usine. Comment est-ce que je sais cela ? À cause de tous ces petits bols, posés par terre. Des petits bols d'eau, exactement comme on en met pour les chats de maison.

Et tout à coup, j'ai des sueurs froides. Cet être malveillant, ce monstre qui a tué les chatons reviendra sûrement. Il ne sait peut-être pas que tous ces chats sont morts. Et s'il revient...

Et s'il revient...

IL FAUT QUE JE SORTE D'ICI !

Il faut que je me sauve. Mais où ? Et comment ? Je suis perdue. Je ne me souviens même pas comment j'ai pu aboutir dans cet endroit infernal.

Je me précipite vers la porte. Et juste au moment où je vais la passer, un faisceau de lumière pénètre dans le cagibi. Un faisceau de lumière, une lampe torche tenue par quelqu'un, et j'entends ses pas dans le couloir.

Il se tient sur le pas de la porte ! Je l'entends respirer !

Où est-ce que je peux me cacher ? Pour l'amour du ciel, où est-ce que je peux me cacher ?

J'avise une cuve et je m'étends derrière en retenant mon souffle.

Je ne vois pas le visage de l'inconnu. Il tient sa lampe de poche devant lui, et elle m'aveugle. Mais c'est une silhouette d'homme. Il ne bouge pas, toujours à la porte. Il fait simplement circuler le faisceau de sa lampe autour de lui.

La lumière! J'ai oublié d'éteindre la lumière que j'ai allumée en arrivant! Il *sait* que quelqu'un se cache ici! J'ai un petit cri, accroche la cuve qui fait un bruit métallique. Stupide!

— Qui est là?

Une voix profonde, que j'ai déjà entendue. Il n'y a pas longtemps.

— Qui est là? Sortez de votre cachette! TOUT DE SUITE!

Ça y est! Il s'approche. Il a entendu le bruit. Et sa lampe qui m'aveugle! Si au moins je pouvais voir son visage. Et soudain, j'ai un flash! C'est un de ceux de la bande à Lazarr! Un de ces vilains qui n'arrêtent pas de me harceler!

Mais cette fois, ils ne m'auront pas! Je vais me défendre!

— Je sais que quelqu'un est là, dit la voix. Et je vous promets toute une raclée si vous ne sortez pas par vous-même! Allez vite!

Cette fois, la voix est menaçante! Mais ce n'est pas un de la bande à Lazarr! C'est la voix d'un homme, et d'un homme en colère.

Je suis prise au piège, comme un rat! De toute façon, il me trouvera. Je fais mieux de lui obéir. Je me relève lentement, avec la peur qui fait mal au ventre. Et je me dis qu'il faut rester le plus calme possible. J'ai le cerveau aiguisé pour trouver le moyen de me sauver. Reste calme Zan! Ne montre pas que tu as peur! Et essaie de garder le contrôle de la situation.

— Je suis là, je sors! Restez calme!

Et j'avance dans la lumière. Dans sa lumière.

— Zan!

— Qui... qui êtes-vous? Cette fois, je n'ai pas caché ma peur. Ma voix tremble.

Il éteint sa torche.

Rom!

Un Rom furieux!

— Qu'est-ce que tu es venue faire ici? Tu n'as rien à faire ici!

— Je me suis perdue!

— Tu ne te serais pas perdue si tu étais restée avec les autres. Qu'est-ce que tu es venue fouiner par ici?

— Je... je cherchais un endroit... une cachette...

— Une cachette? Pour faire quoi? Qu'est-ce que tu as à cacher?

— Rien. Je voulais juste être un peu seule, c'est tout. Je suis habituée d'être toute seule. J'aime mieux ça!

Il reste un moment à me regarder en silence.

— Arrête d'avoir peur Zan ! Je ne vais pas te manger !

À vrai dire, je n'en suis pas si sûre. Il a l'air furieux.

— Il y a une heure que je te cherche partout.

— Je suis désolée, Rom.

— Tu n'as pas à être désolée. Tu as seulement à faire ce que l'on t'ordonne. Tu as compris ?

— Je suis désolée. Je ne recommencerai plus.

— Viens maintenant. Allons retrouver les autres.

Je m'apprête à le suivre, mais, étrangement, il ne bouge plus. Au contraire, son regard examine le sol de la pièce, les petits bols d'eau autour de lui.

Je vois son front se plisser, étonné. Non. Pas étonné. Soucieux. Il rallume sa torche, commence à faire le tour des cuves... et s'arrête net devant la montagne de cadavres. Sans m'en rendre compte, je le suis.

— Qu'est-ce que c'est ça ? C'est toi qui les as tués Zan ?

— Vous êtes fou ? Bien sûr que non ! Ce n'est pas moi. Je les ai trouvés comme ça.

À ma grande surprise, il ne dit rien. Simplement, je le vois devenir de plus en plus sombre. Manifestement, il réfléchit. Puis, il se tourne vers moi et me regarde presque comme si j'étais une ennemie.

— Je n'ai rien fait !, je répète. Je vous le jure !

— Je sais.

Tout à coup, sa voix n'est plus menaçante. Mais elle me donne encore plus de frissons. Il me fait peur, cet homme.

Il garde le silence encore longtemps. Puis, il éteint sa torche. Il a l'air de plus en plus soucieux. Il ramasse le petit chaton vivant dans ses mains.

— Viens !, laisse-t-il simplement tomber. Allons rejoindre les autres. Et il me prend par le bras en serrant très fort.

Qu'est-ce qu'il voulait dire par « je le sais » que tu n'as pas fait mourir les chats ? Est-ce parce que c'est lui le meurtrier ?

11 h — Je suis revenue dans la grande salle d'exercice du SAS — franchement, je suis même contente ! — pas sûre que je retournerai toute seule dans ces couloirs-là !

— Où étais-tu passée ?, me demande Filis. Rom t'a cherchée partout.

Rom m'a ramenée, m'a tirée plutôt jusque dans la grande salle, et m'a fait asseoir dans un coin, en m'ordonnant de ne plus bouger. Filis est venu me rejoindre.

— Tu ne devrais pas te promener toute seule dans cette grande usine. On ne sait pas ce qu'on peut trouver ici.

Ça, je le sais !

Mais Filis est vraiment gentil. Si je n'étais pas si perturbée, il me plairait comme ami.

— Il y a longtemps que tu es au SAS, Filis?

— Oui. Les Services sociaux m'ont envoyé ici.

Je le regarde, étonnée.

— Toi aussi? Moi aussi!

— Tous ceux qui sont ici n'ont pas le choix d'être ici. Soit parce qu'ils n'ont pas de parents, soit parce qu'ils ont eu des problèmes, toutes sortes de problèmes. Les Services sociaux nous obligent à passer l'été ici. C'est pour notre bien, qu'ils disent, et c'est vrai aussi. Tu verras! Tu vas aimer!

— Mouais! Et toi Filis, pourquoi les Services sociaux t'ont envoyé au SAS?

Pour la première fois, Filis n'a pas l'air net. Il ne me regarde pas dans les yeux.

— J'ai fait des choses, des stupidités... Mieux vaut ne pas en parler. Je dois retourner m'entraîner.

— Filis! Attends! Depuis que tu es ici, est-ce que tu as déjà vu des choses... étranges?

— Étranges? Qu'est-ce que tu veux dire par «étranges»?

Filis a retrouvé son sourire. Le vrai Filis. Mais il a encore son visage bleu!

— Je veux dire... je ne sais pas, moi... pas normales!

C'est à son tour d'être étonné.

— Non. Tout est normal ici. Tu te poses trop de questions, Zan! Laisse aller. Et viens nous rejoindre! Tu verras, tu t'amuseras.

Je regarde un peu autour. Il y a, un peu plus loin, une toute petite fille, pas plus haute que trois pommes, qui marche sur un fil de fer en tenant une ombrelle pour son équilibre. C'est joli et touchant. Elle est magnifique.

— Qui est-ce là-bas ? La toute petite fille ? Elle ne doit pas avoir plus que 4 ou 5 ans ?

— C'est Sofi. Tu ne l'as pas encore rencontrée ?

— Non.

— Tu devrais ! Tu seras surprise.

— Qu'est-ce qu'elle fait au SAS, si jeune ?

Il me regarde avec un sourire narquois.

— Si jeune ? Attends de la connaître ! Tu n'as jamais, de toute ta vie, rencontré personne comme elle ! Elle est bien plus grande que tu ne le penses ! Allez ! Viens t'entraîner avec moi !

— Plus tard…

Il finit par s'éloigner, et au bout de trois pas… se met à marcher sur les mains avec les jambes croisées au-dessus de sa tête ! Et tout à coup, je ne sais pas comment il a fait avec ses jambes et tout, mais il est devenu une fleur ! Une fleur avec des pétales !

— Encore bienvenue au SAS, Zan !, me lance la fleur en riant !

14 h 35 — Toujours au SAS.
Je reste dans mon coin.

Je ne suis pas d'humeur à parler ou à rencontrer qui que ce soit. Pas après ce que j'ai vu. Parce que je n'arrête pas d'y penser ! Tous ces pauvres petits chatons ! Mon cœur est tout à l'envers ! Tellement que ça me donne des fourmis dans les jambes ! Il faut que je bouge !

J'ai repéré, au fond de la salle, un bureau surélevé, comme une moitié d'étage au deuxième étage, une mezzanine, je crois, ils appellent ça. Un bureau avec de grandes fenêtres qui donnent sur la salle et les jeunes qui s'entraînent.

Tiens !

Je vais aller voir de plus près à quoi ça ressemble !

Je m'approche doucement. Au bout de quelques pas, je tombe sur une sorte de grand ventilateur géant qui crache de la brume. C'est donc ça le truc ! Le truc qui rend cet endroit comme le bord de mer le soir d'une tempête ! Eh bien, c'est parfait ! Toute cette brume va me permettre d'approcher du grand bureau vitré sans être vue.

En poussant de toutes mes forces sur le ventilateur, j'arrive à le basculer. Maintenant, la brume se dirige tout droit vers le bureau, au deuxième étage, et enveloppe l'escalier qui y mène. Même que l'escalier disparaît. Je vais pouvoir m'approcher sans être vue !

Je me cale dans le creux du brouillard artificiel, jusqu'à l'escalier, et je monte les marches en restant toujours au ras du sol. Personne ne peut me voir. Juste ma tête qui dépasse de temps en temps, histoire de savoir où je suis. J'ai l'impression d'être un sous-marin !

Ça y est ! Le sous-marin est en position ! D'où je suis, j'ai maintenant une belle vue sur le bureau et ses occupants.

Rom est là, en grande discussion avec un autre homme que je n'ai jamais vu. Peut-être 30 ans, super bien habillé, avec cravate, costume et tout le tralala ! Les cheveux bruns, parfaitement lissés par derrière. Cet homme-là doit avoir les ongles manucurés tellement il a l'air soigné.

La discussion n'a pas l'air trop cordiale !

Dommage, à cause de la musique de fond et du ventilateur, je n'entends rien de ce qui se dit.

Mais je vois !

Oh ! Pour ça, je vois ! Et ce que je vois, je n'aime pas trop ! Rom tient encore dans une main le petit chaton du cagibi ! Et de l'autre main, il tient une enveloppe, que je reconnais parfaitement. C'est celle qui contenait la lettre de madame Beck, des Services sociaux. Je le sais parce que j'avais fait un petit dessin rouge dessus, pour me moquer. Un perroquet ! Et je reconnais la petite tache rouge.

L'autre homme tient à la main une lettre, et je comprends que c'est justement la lettre de madame Beck, la lettre qui parle de moi. Les deux hommes discutent ferme. Ils n'ont pas l'air contents. Rom montre un passage dans la lettre, et l'autre homme fait un geste de colère.

Qu'est-ce qu'il y a donc dans cette fameuse lettre ?

Je suis une idiote. J'aurais dû d'abord la lire avant de la leur donner. On doit toujours connaître tous les détails concernant sa vie ! Moi, d'habitude, si prudente et rusée, là, je n'ai pas pensé de la lire !

Tout à coup, les deux hommes lèvent la tête, et Rom indique l'endroit où j'aurais dû être assise.

Oups !

Où j'aurais dû être assise !

Re-oups ! Ils me cherchent... et je ne suis pas là !

Pas bon ça !

Je replonge mon sous-marin dans la brume vite fait et je commence à dévaler les escaliers. Au pied des marches, je rampe un peu, histoire de brouiller les pistes... je ressors la tête plus loin et je commence à marcher... avec l'air de celle qui passe par là, mine de rien, les deux mains dans les poches !

En levant la tête vers le bureau, j'aperçois Rom, en haut des marches, toujours avec le chaton dans les mains ! Et à côté de lui, monsieur Cravate ! Cette fois, c'est vrai, les deux hommes sont positivement furieux !

Vraiment furieux! Et je viens de comprendre pourquoi! C'est le fameux ventilateur que j'ai basculé! Le ventilateur a tellement poussé de brume dans leur direction, qu'on les dirait en haut d'une falaise, perdus dans le brouillard! Ils sont envahis et ne voient plus rien à leurs pieds!

Deux marins perdus dans la tempête!

Je détourne la tête en riant! Je n'avais pas pensé à ça, mais c'est drôle quand même!

**17 h! Enfin, je peux retourner chez moi!
Je me dépêche à sortir du SAS.**
Mais là, je trouve ça moins drôle, beaucoup moins drôle!

Moins drôle parce que je me suis trompée de porte de sortie! J'ai poussé la mauvaise porte. Je me suis retrouvée je ne sais pas où. Dans une pièce vide.

Et dans un coin, je vois le petit tas sombre.

Un autre petit tas de chatons morts.

Et sur le dessus, celui que j'ai suivi cet après-midi dans les couloirs.

Celui que Rom a ramené avec lui dans ses mains.

Le petit chaton que j'ai vu pour la dernière fois, bien vivant dans les mains de Rom, en haut de l'escalier du bureau.

Ce même chaton-là, je le reconnais parfaitement.

Sauf que maintenant, il est mort.

Avec au moins une dizaine d'autres.

Tous morts.

19 h, le même soir... de retour chez moi.

J'ai nourri maman, lavé la vaisselle et avalé un sandwich au thon avec deux bouts de concombre.

Maman n'est pas bien ce soir, je m'en rends compte. Je crois qu'elle est inquiète. Je sais, tout le monde me dit qu'elle ne voit rien, n'entend rien, couchée dans son grand lit au milieu du salon. L'infirmière me répète que depuis son *accident cérébral* — un caillot qui s'est promené dans ses veines —, son cerveau ne fonctionne pas bien. Mais moi, je sais que ce n'est pas vrai. Je sais qu'elle comprend tout. Je sais qu'elle m'entend et, ce soir, elle est inquiète pour moi. Ses beaux yeux me fixent sans arrêt. Elle est très belle, maman. Je l'embrasse pour la rassurer.

— Ne t'inquiète, pas maman. Tout va bien. Je vais jouer sur l'ordi.

Je vais à l'ordi, mais pas pour jouer... pour chercher des informations. Je n'aime pas ce que j'ai vu au SAS. Le SAS, je ne le connaissais pas avant aujourd'hui. Personne n'en a entendu parler sur ma rue. Ce n'est pas normal. Dans mon quartier, tout se sait. Madame Ursule, ma voisine du dessus, connaît tous les potins du quartier. Et elle ne connaissait rien du SAS. Pas normal. Madame Ursule, je le répète, connaît tout!

Ce soir, je vais savoir, par le Web et en tapant dans *Troouve*, qu'est-ce que c'est que cette école de cirque, cachée dans une vieille usine, et qui est pleine d'enfants sans parents et d'animaux morts.

Chaque fois que je suis assise devant l'ordi, Élixir, mon *cockatiel* apprivoisé, vient me rejoindre. Il se perche sur mon épaule et ne bouge plus. De temps en temps, il passe sa petite tête dans mon cou, tout doucement, comme pour m'encourager.

Élixir est mon meilleur ami. J'essaie de lui apprendre à parler, mais pour l'instant, je ne peux pas dire que j'ai beaucoup de succès.

Bof! L'important, c'est qu'il m'aime et qu'il soit fidèle!

Bon, assez perdu de temps. Au travail!

Je ne prends même pas le temps de lire mes courriels. Plus tard! J'ouvre plutôt *Troouve*, à partir de ma page perso, je tape « SAS école de cirque ».

Et voilà! La magie du Web! La page s'ouvre sur mon écran.

**Le SAS — École de cirque —
En route vers les étoiles!**

Bon, qu'est-ce qu'on trouve là-dedans? Des photos, tiens! Clic!

Wow! C'est quand même beau! Un acrobate, peut-être que c'est Filis, je ne le reconnais pas, grimpe jusqu'au ciel sur un morceau de tissu rouge! Les «soies», ils appellent ça. Il paraît que c'est une des plus vieilles disciplines de cirque, venue de Chine. Ils peuvent bien appeler cela « discipline » parce que se servir de ses deux seules mains pour grimper et s'enrouler autour d'un fil de tissu doit demander beaucoup de pratique et de discipline!

Bon, mais je ne suis pas là pour admirer l'agilité de monsieur Soie!

Qu'est-ce qu'il y a d'autres sur ce site? Tiens! Président du SAS! Clic!

Ben voilà! Il est là! Avec ses cheveux lissés vers l'arrière, son complet et sa belle cravate! Le même homme que j'ai vu en grande discussion avec Rom, dans le bureau vitré. Dex, monsieur Dex, qu'il s'appelle. C'est le nom qui est écrit. Président du SAS — organisme pour les jeunes en difficulté. En difficulté! Je ne suis pas en difficulté, moi! J'allais même très bien avant qu'on me force à aller là où je n'avais pas envie d'aller. Passons!

Eh bien! Il a l'air important, ce monsieur Dex. Il y a plein de photos de lui, avec d'autres personnes importantes. Même un premier ministre! À voir ce qui est écrit, il semble assez riche, merci. C'est même lui qui finance le SAS au complet! Les trapèzes, les trampolines, tout quoi!

Je regarde ces photos pendant un moment. Quelque chose manque sur cette page Web... Pourtant, il y a les photos de lui, il y a...

Je ne suis pas satisfaite. Je retourne sur *Troouve*, je tape « Dex ». Rien. Je recommence : « monsieur Dex ». Toujours rien.

Bizarre. Pour quelqu'un d'aussi important et célèbre, il aurait dû sortir plusieurs fois sur tout le Web. Pourtant, les seules informations sur lui sont celles que l'on donne sur le site du SAS. Comme si sa vie n'avait commencé qu'il y a deux ans, au SAS ! Mais d'où vient-il ? Que faisait-il avant ? D'où lui vient toute sa fortune ? Rien là-dessus dans tout le Web ! Bizarre !

Je retourne sur la page *Troouve* du SAS. Encore bizarre. Aucune trace de Rom. Aucun renseignement sur lui non plus.

Bon. Rien à tirer d'autre sur le Web ce soir. On dirait qu'il y a un noir total sur le SAS, Dex et Rom.

Et puis, qu'est-ce que ça signifie SAS ? C'est quoi ce mot ?

Je tape « sas », toujours dans *Troouve*.

La définition s'ouvre. Je la lis.

Intéressant ça !

Un lien entre deux mondes différents !

Quel monde différent ? D'un côté, je sais bien qu'il y a le monde, le vrai, celui de dehors, celui de ma vie normale. Mais l'autre, c'est lequel ? Celui où meurent des animaux ? Le Royaume de la mort des bêtes ? Sûrement pas ! Je suis une réaliste, moi ! J'ai le cerveau bien vissé dans la réalité, pas dans les contes pour faire peur ! Mais quand même !

Je ne sais plus quoi chercher sur le Web ! Ni ailleurs ! Je suis fatiguée, mais j'ai le cerveau qui tourne trop pour rester assise.

Je revois ma journée ! Tous ces tas de petits chatons ! Les deux hommes aussi, Rom et Dex, qui lisaient ma lettre de madame Beck et qui semblaient être en colère à cause de la lettre ! Qu'est-ce qu'elle pouvait donc avoir écrit, madame Beck, de si spécial ?

J'aurais tellement dû la lire avant de la donner au SAS !

Stupide que je suis !

Ça m'énerve ! Ne pas savoir ce qu'on dit de moi !

Je me lève et je vais à la fenêtre. Le mois de juin, il fait noir très tard à cause du solstice. Et là, il fait encore clair ! Peux quand même pas me coucher maintenant !

Je retourne m'asseoir à mon ordi. Je vais au moins lire mes courriels !

LOUCIE ÉCRIT À ZAN :
T'es morte Zan ? Il y a bien deux semaines que tu ne nous as pas mis en ligne une nouvelle musique ! Qu'est-ce que tu fabriques ? ☺

ZAN ÉCRIT À LOUCIE:

Eh! Je ne suis pas une poule! Je ne ponds pas la musique comme on pond un œuf! Mais tu as raison! Je suis un peu bloquée! Mon synthétiseur ne veut rien sortir de bon! Je n'ai que le début d'une nouvelle chanson! ☺

LOUCIE ÉCRIT À ZAN:

J'ai pourtant besoin de nouvelle musique. Je donne une fête et je veux jouer TA musique. C'est la meilleure! Mets ton début de musique sur ton site! Nous t'aiderons tous à la finir. N'oublie pas, nous pouvons t'aider, tu sais! ☺

ZAN ÉCRIT À LOUCIE:

Bonne idée! C'est fait! Va voir sur ma page perso. Entre le code secret Chatons. ⌇ Clique sur «Ma musique, Solstice». C'est le nom de ma chanson! J'ai mis le début. Écoutez tout ça et dites-moi quelle version vous préférez!

LOUCIE ÉCRIT À ZAN:

Super! J'adore être ton aide-compositrice! Tout le monde va s'y mettre! On écoute tous tes essais et on te revient! Tu verras, on finira «Solstice»! À propos, qu'est-ce que ça veut dire «Solstice»? ☺

ZAN ÉCRIT À LOUCIE :
«Solstice»? T'es paresseuse ou quoi? Va
voir dans *Troouve*, tape «Solstice»!
🖱 Tu verras ce que ça veut dire!

Elle est gentille *Loucie*. Ce n'est pas son vrai
nom, évidemment! C'est son avatar, son nom
juste pour le Web. Je ne connais pas son vrai
nom, mais ça ne fait rien! Bonne idée de me
faire aider pour finir ma musique! On dirait que
je n'ai pas la tête à ça ces jours-ci!

Parlant d'aider... Tiens!, ça me donne une
idée.

ZAN ÉCRIT À TOUS :
Eh! Parmi vous, y a-t-il quelqu'un qui
connaît le SAS, l'école de cirque dans
le quartier du port? Si oui, j'ai besoin
de renseignements. J'attends vos
réponses. À plus tard. ☺

**23 h — Toujours à l'appartement, je tourne
en rond! Je tourne en rond! J'en peux plus!**
Faut que je sorte un peu! Il fait beau, il fait
chaud, alors dehors! Je vais m'aérer le cerveau!
Parce qu'on dirait que mon cerveau revient
toujours à la même chose, au SAS et à ses petits
cadavres! En fait, mon cerveau, ce soir, il est
comme un hamster qui tourne dans sa cage et
il me fatigue!

— Allez! Viens Élixir! C'est l'heure du dodo.

Je le remets dans sa maison-cage pour la nuit. Les *cockatiels* sont comme des petits enfants. Ils ont besoin de beaucoup de sommeil.

Je jette un coup d'œil sur maman. Elle s'est endormie aussi. Parfait! Je mets mes souliers. Ils sont vraiment troués. Faudra bien qu'un jour je trouve les sous pour en avoir des neufs. C'est ma faiblesse, les souliers. Je rêverais d'en avoir de toutes les formes, de toutes les couleurs. Mais, il faut faire avec ce qu'on a, pas vrai?

Je sors, j'enfile la rue. Tout est calme. Mon quartier est vieux, les maisons sont croches, mais je me sens bien ici. Parce qu'il y a le port, au bout de la rue. Et souvent, je vais voir les gros bateaux se faire décharger. Ils viennent de partout dans le monde. C'est génial. Un jour, je voyagerai. Très très loin.

Où est-ce que je suis rendue?

Ben oui, c'est sûr!

J'ai le cerveau tellement chamboulé par le SAS que je suis revenue traîner dans le coin sans m'en rendre compte!

Ben, tant qu'à être ici, par une nuit aussi chaude, aussi bien aller jeter un coup d'œil sur mon lac! Je sais, je sais, c'est juste une mare d'eau un peu sale, mais moi, j'aime penser que c'est mon lac! Et puis, peut-être que je pourrai dire un petit bonsoir au Vieux?

Je contourne la vieille usine, passe par les terrains vagues, près du SAS. Tiens!, c'est curieux: le Vieux n'est pas dans les parages ce soir. Peut-être que lui aussi a voulu fêter le solstice en ville?

Je m'approche du SAS. C'est vraiment la vieille usine vide la plus impressionnante de toutes. Elle est énorme, toute rouillée, même à l'extérieur. Il paraît que c'est une ancienne usine de tapis, fermée depuis des siècles. Les tapis que les ouvriers fabriquaient là-dedans doivent être usés depuis longtemps!

Tout est calme ici aussi. À vue de nez, les environs de l'usine sont déserts, les terrains vagues aussi. Pas de trace de la foutue bande à Lazarr. Pas de trace non plus de...

Faux. Juste comme je m'approche, une silhouette se dessine dans l'obscurité. Il y a quelqu'un!

Je me jette derrière de gros barils abandonnés.

Quelqu'un vient d'émerger d'une porte dérobée de l'usine. Quelqu'un qui marche un peu courbé. On dirait un homme, mais un homme avec un bedon démesuré.

Je ne comprends pas ce que je vois. Il marche avec difficulté, comme handicapé par son gros ventre. Je ne connais personne qui ressemble à cet homme-là dans les parages. Curieux!

Rien à faire! Je ne vois rien d'où je suis! Il fait trop noir. Si je veux savoir qui il est et ce qu'il fait, je dois m'approcher.

Ce qu'il y a de dommage avec les terrains vagues, c'est justement que ce sont des terrains vagues! De grands champs déserts où l'on ne peut pas se cacher! Heureusement, dans mon quartier, des gens stupides viennent de partout en ville pour abandonner toutes sortes de déchets et d'objets dont ils ne veulent plus. Il y a des barils, des monceaux de vieille tôle, même des carcasses d'autos à l'abandon. C'est justement dans ces carcasses d'autos que les imbéciles de la bande à Lazarr viennent se cacher pour penser leurs mauvais coups. Et si je tombais sur eux? Aïe!

Courage ma fille! Ou bien tu restes cachée ici et tu ne sauras jamais qui se promène la nuit, près de la vieille usine. Ou bien tu te risques à t'avancer et tu risques de tomber sur les mauvais garçons. Je serre les dents. Je veux savoir ce qui se passe ici, et rien ne m'arrêtera. Pas même Lazarr lui-même! Après tout, c'est aussi un peu chez moi ici!

Je me glisse, sans faire de bruit, de mes barils jusqu'à un amas de tôle, puis à une vieille auto, et je grimpe derrière ce qui a déjà été la place du conducteur. Le pare-brise est en mille miettes depuis longtemps, mais, bien cachée, je suis aux premières loges pour apercevoir l'homme au gros ventre. Il continue d'avancer, et je sens bien, à sa démarche, qu'il a de la difficulté. Il accroche ses pieds dans les replis du terrain, s'arrête, sort une lampe, l'allume et éclaire devant lui à la recherche de quelque chose.

Oups! Il a échappé sa lampe.

Et là, je suis sidérée!

Il vient de poser son gros ventre à terre! Il portait un sac! Un gros sac vert, un sac d'ordures! Il ramasse sa lampe et, dans un faux mouvement, éclaire une petite seconde son visage.

Rom!

Rom! Encore lui!

Je me replie dans l'auto. La vérité, c'est que j'ai encore plus peur de lui que de la bande à Lazarr!

Le voilà qui s'approche des gros barils où j'étais cachée il y a quelques minutes à peine. Ouf! Je l'ai échappé belle! Il tourne autour des barils, soulève un couvercle, jette le sac vert dans un contenant qu'il referme avec soin. Puis, il s'éloigne à grands pas, et je le vois disparaître dans la nuit.

Qu'est-ce que c'est ça? Est-ce que Rom fait le ménage du SAS la nuit? Non. Sûrement pas. Il y a une autre explication. J'attends quelques minutes et je me risque à sortir de ma cachette. Je m'approche des barils, soulève le couvercle. Le sac est bien là. Je l'ouvre et...

... Et ils sont tous là ! Les petits corps des chats morts au SAS. Ceux du cagibi et aussi ceux près de la porte de sortie du SAS. Je le sais parce que je reconnais mon petit chaton si mignon. Lui et les autres tout entassés dans ce qui sera leur dernière demeure. Oubliés ! Pauvres chats...

Je me recule. On n'a pas le droit de traiter un être vivant comme ça. Sans respect. Même de simples chats. Ce n'est pas bien. Seul un monstre peut faire ce genre de chose... Et le monstre, il semble bien que ce soit Rom...

Et s'il s'amuse à tuer des chats, qu'est-ce qu'il peut faire d'autre ? Par exemple, à nous, au SAS ?

Je ne sais pas !

Bon, mais qu'est-ce que je fais maintenant ? Je fais une belle dernière maison pour les chats ? Je leur creuse une belle tombe pour qu'ils puissent reposer en paix, ensemble ? Après tout, il y avait plusieurs familles. Les mamans chattes devraient pouvoir être rassurées. Savoir que leurs petits dorment paisiblement dans la terre à côté d'elles.

Qu'est-ce que je fais ?

Je réfléchis. Non. Je reviendrai plus tard. Pour l'instant, j'ai une autre idée. Une idée plus utile. Ou peut-être plus curieuse ?

Je referme soigneusement le couvercle du baril et je me dirige vite vers la vieille usine. Parce que, pas vrai, peut-être que la porte par où

Rom est sorti est restée ouverte ? J'aimerais bien jeter un coup d'œil tranquille dans ce drôle d'endroit, le SAS, qui, à mon avis, n'a ABSOLUMENT rien de drôle !

Oui ! Voilà la porte de Rom, et elle est encore ouverte. Je suppose qu'il n'a jamais imaginé que quelqu'un pourrait découvrir cette porte. Je la pousse, pénètre dans la vieille usine.

Il fait aussi noir là-dedans que cet après-midi. Presque plus noir que dehors ! Mais cette fois, je suis décidée à ne pas me perdre. J'attends que mes yeux se soient habitués à la noirceur. J'essaie de m'orienter. Cet après-midi, j'ai eu le temps de me faire un plan dans ma tête.

J'enfile un premier couloir. Pas rassurant ! Noir, délabré. Et surtout, tous ces bruits ! Des tôles qui craquent, des grattements. Il me semble même que j'entends des soupirs ! Je m'arrête. J'ai le cœur qui bat si fort que la terre entière doit l'entendre ! Un vrai solo de batterie !

Allez ma fille, avance ! Tu as décidé de venir, alors ne t'arrête pas ! Mais chaque pas est une vraie torture. Je ne sais plus si c'est moi qui fais du bruit ou si quelqu'un me suit. Quelqu'un me suit ?

Je m'arrête. Pas moyen de trouver un seul recoin pour me cacher ! Avec un effort inouï, je tourne la tête et je regarde derrière. Bien sûr, je ne vois rien. Il fait beaucoup trop noir. Et puis,

il s'est sans doute caché. S'il y a vraiment un il...
Mais comment savoir ?

Je suis sûre dans ma tête que quelqu'un va se
jeter sur moi, mais je continue d'avancer ! Je
tourne deux autres couloirs, et ça y est ! Je
débouche enfin dans la grande salle d'entraînement du SAS.

Tout est calme, ça me rassure. Les trampolines, les trapèzes, le fil de fer de la petite Sofi...
Avec une oreille à guetter un éventuel suiveur, je
me promène partout. Puis, je me décide ! Je
grimpe les escaliers qui mènent au bureau vitré
de Dex. Parce que j'ai ma petite idée ! Ou plutôt,
j'ai ma petite question, qui m'est restée dans la
tête, plantée là sans jamais vouloir s'en aller,
comme un bouton sur mon menton. Et cette
question c'est : qu'est-ce que madame Beck a
écrit sur moi ? Pourquoi est-ce que Dex et Rom
avaient l'air furieux en lisant la lettre ?

Et cette lettre-là, c'est sûr, elle est dans le
bureau de DEX !

Et moi, maintenant, je SUIS dans le bureau
de Dex !

Et ce n'est pas du vol de la lire parce que c'est
MA lettre !

Au travail ! Où est-elle cette lettre ?

Et d'abord, est-ce que j'allume la lumière ? Si
je le fais, mes suiveurs — s'il y en a — vont me
voir dans toute l'éclatante lumière. Mais si je ne
le fais pas, comment est-ce que je trouverai ce que

je cherche? Il faut que j'allume. J'allume. Et je me sens horriblement visible. Je suis visible de tout le SAS maintenant! Il faut que je me dépêche!

Il y a des classeurs en métal au fond du bureau. Ce que je cherche est sûrement dans ces tiroirs-là. J'en ouvre un, puis un deuxième. J'ai les mains qui tremblent. J'entends beaucoup de bruits étranges. Des glissements, des pas dans l'escalier...

Des pas dans l'escalier?

Mon cœur s'arrête. Lentement, je me tourne. Lentement, je m'approche des fenêtres du bureau. Rien. Tout est noir. Je ne peux rien voir du tout en bas. Je suis comme une cible dans la lumière du bureau. S'il y a quelqu'un dans la grande salle, il me voit. Moi, je ne peux pas le voir. La cible parfaite, complètement à la merci de celui qui est peut-être à quelques pas de moi!

Je n'ai plus le temps! Il faut que je sorte d'ici avant de mourir de peur.

Et tout à coup, l'attaque. Je me fige. Le téléphone sonne.

Je le regarde, sur le bureau de Dex. Il résonne tellement fort dans la nuit qu'il déchire mes tympans.

Cette sonnerie doit s'arrêter! Cette sonnerie doit arrêter avant d'alerter tout le monde! Et qui peut appeler le SAS en pleine nuit? Est-ce l'habitude de Dex ou de Rom de venir ici la nuit? Si c'est le cas... je suis...

La sonnerie finit par se taire. Ouf! Vite!

Je ne peux pas partir avant d'avoir trouvé ce que je cherche. J'ai les mains tellement moites qu'il me semble que je laisse des empreintes visibles comme le nez d'un clown sur les papiers! Un dossier, deux dossiers. Rien que des papiers de chiffres et de comptabilité.

Bon. Rien dans les classeurs! Peut-être dans les tiroirs du bureau?

J'ouvre un premier tiroir. Rien.

Deuxième tiroir. Et soudain, je l'ai devant moi. Le dossier sur les jeunes du SAS. Tout est là. Toutes les lettres des Services sociaux. Je découvre la lettre de Filis, de Sofi, d'autres aussi que je ne connais pas encore. Mais je suis trop pressée de partir! Pas le temps de lire et de voir laquelle est la mienne! Je prends tout le classeur, cours vers un photocopieur qui trône sur une table au milieu de livres sur le cirque. Je démarre le machin et je jette les feuilles, l'une après l'autre, dans le distributeur sans trop regarder.

Une première copie, une deuxième, une troisième, une quatri... Le téléphone. Voilà l'horrible sonnerie qui se remet à hurler. Cette fois, j'arrête tout. J'en peux plus. Je range le classeur dans le tiroir, un peu tout mêlé, referme le tout. Éteins la lumière. Le téléphone continue de hurler.

J'ai éteint la lumière, mais j'ai eu le temps de voir avant de m'enfuir!

Juste une seconde, une fraction de seconde, mais j'ai vu! J'ai bien vu!

Dans un coin du bureau de Dex, il y avait un nid. Un petit nid de paille. Et quatre oisillons dedans.

Des oisillons qui ne bougeaient pas.

Et qui ne dormaient pas!

Qui étaient morts.

Leurs parents aussi, à côté du nid. Morts.

Cette fois, c'est trop. Je dévale les escaliers en me bouchant les oreilles pour plus entendre le téléphone.

Pourvu que je ne tombe pas!

Pourvu que j'arrive sans problème à la maison! Que c'est loin...

1 h... De retour chez moi!

J'ai réussi à rentrer à la maison. Je ne me souviens pas comment! En sortant du SAS, tout à l'heure, j'ai aperçu du coin de l'œil une auto stationnée près de la porte. Je ne sais pas qui était là. J'ai continué de courir...

J'ai réussi à copier trois lettres au SAS. La mienne, celle de Filis et celle d'un certain Louis Champa. Connais pas.

En tout cas, maintenant, je sais ce qu'elle dit ma lettre!

23 mai
SUJET :   Zan Tila
Matricule :   3247980
Père   Inconnu
Mère   Pam Tila – Invalide – AVC

Accident vasculaire cérébral, c'est ce que maman a subi.

Madame, Monsieur,

La dénommée Zan Tila (matricule ci-haut) est requise, par les Services à l'enfance, de se présenter le matin du 23 juin à l'organisme pour jeunes, connu sous le nom de SAS. Elle doit être présente dans les lieux de cet organisme jusqu'au 6 septembre, date à laquelle elle doit se présenter à l'école du Jardin, pour entreprendre son 2e secondaire.

Tout défaut de se présenter au SAS durant l'été amènera automatiquement son placement en centre d'accueil. La dénommée Zan est prévenue de cette situation et a accepté toutes les conditions.

Vous êtes tenu de me tenir informée de tous les déplacements, manquements à l'ordre ou défaut de se présenter de ladite Zan Tila afin que je puisse prendre toutes les sanctions nécessaires pour la ramener à l'ordre.

Louise Beck
Agent

*Moi, je suis un code 5 ?????
Qu'est-ce que ça signifie ?????
????????????????????*

*ATTENTION DEX !
CETTE FILLE EST UN CODE 5 !!!
Louise*

24 JUIN

Au SAS — 9 h — Ben quand même, j'ai décidé de revenir !

— Rassemblement !

Nous nous rassemblons tous autour de Rom. Même moi ! Je ne veux rien laisser paraître ! Ne rien laisser paraître de ce que j'ai découvert ici cette nuit. Et surtout, si je veux trouver ce qui se passe dans cette école, je sens que je suis mieux de ne pas trop me faire remarquer !

Rom a l'air de Rom ! Pas de sourire. Mais il n'a pas l'air trop méchant non plus. C'est bizarre. Si c'est vraiment lui qui a tué les chats, comment un tel monstre peut-il avoir l'air si... si normal ?

— Je suis content que tu sois revenue Zan, me dit Filis.

— Salut Filis. Tu voyages sur tes deux pieds aujourd'hui ? Pas à l'envers comme hier ?

Et le voilà qui se remet sur les mains, à l'envers ! Je ne veux pas, mais c'est plus fort que moi, j'éclate de rire. Il se remet sur ses pieds.

— J'avais peur que tu ne reviennes plus Zan, tu sais...

— Pourquoi ?

— Hier, tu te tenais plutôt à l'écart et...

— Nous avons beaucoup de travail, interrompt Rom. Vous le savez. Dans quatre semaines, nous donnons un spectacle. Il y aura beaucoup de monde. Déjà, les billets sont aux trois quarts vendus. Alors, j'attends de vous que vous suiviez mes instructions à la lettre. Pas de protestations, pas de paresseux. Nous sommes ici pour travailler. Celui ou celle qui ne suivra pas mes instructions à la lettre aura automatiquement une sanction !

Charmant ! Exactement l'endroit dont je rêvais pour mes vacances d'été !

— Il y a certaines règles à suivre, continue Rom, et j'exige que tout le monde les suive sans rouspéter. Première chose, et la plus importante, votre condition physique. Vous le savez, le cirque est dur, difficile. Vous devez garder la forme. Et pour cela, une des conditions essentielles est de bien vous hydrater. Vous devez boire beaucoup pendant les entraînements. Je vais vérifier personnellement chacun d'entre vous. Toutes les heures, je veux vous voir boire de l'eau. Et pas n'importe laquelle. L'eau courante du SAS n'est pas potable. Elle est corrompue. Monsieur Dex et moi avons installé une fontaine, dans ce coin. VOUS DEVEZ OBLIGATOIREMENT BOIRE CETTE EAU ET EN BOIRE TOUTES LES HEURES. Est-ce bien compris ?

On fait tous oui de la tête. Même moi. Mais pour boire cette eau, il peut toujours repasser. Je n'aime pas l'eau. J'aime les jus. Sauf qu'aujourd'hui, après tout ce qui s'est passé cette nuit, j'ai oublié d'en apporter. Va pour l'eau pour cette fois !

— Bien. Distribution des rôles, reprend Rom. Filis, tu continues la contorsion, les trapèzes et les soies. Tu entraîneras aussi les grimpeurs au mur, à partir des trampolines.

— D'accord !

— Ne m'interrompez pas ! Sofi, tu seras funambule, Alexis, tu monteras deux numéros de clown, dont un de clown triste...

Je me tourne vers Alexis. Il donne déjà envie de rire, juste à le regarder ! Je ne sais pas comment il pourra faire le triste !

— ... Simon, tu continues à être acrobate et au trampoline.

Je regarde le Simon en question. Il est... BIEN ! Il n'y a pas d'autres mots ! Il est gigantesque ! Un vrai réfrigérateur ! J'aimerais l'avoir pour me protéger de la bande à Lazarr !

— Christelle aux trapèzes...

— Je ne veux pas faire les trapèzes. Je veux les soies, avec Filis !, réplique Christelle.

Qui est-ce celle-là ? Du noir sur les yeux et une bouche rouge, trop rouge ! Je sens que je ne vais pas l'aimer ! Rom se tourne vers elle, et son visage s'est complètement fermé.

— Christelle, tu vas aux trapèzes, et il n'y a aucune place à la discussion. Enfin, Zan, tu t'entraîneras aux soies avec Filis. Vous serez partenaires. Et tu as exactement quatre semaines pour devenir experte.

Les soies ! Ces espèces de bout de tissu rouge qui pendent du plafond ? Pas question. J'ai peur du vide ! J'ai peur des hauteurs !

— C'est que...

— C'est que ?, me lance Rom.

— Je ne suis pas capable !

— Pas capable n'existe pas au SAS.

— Tu verras. Je te montrerai, me souffle Filis à l'oreille. J'aimerais que tu sois ma partenaire.

— Mais Filis, je ne peux pas !

Je suis un peu paniquée.

— Rompez !, lance Rom. Au travail maintenant. Et commencez par aller boire de l'eau et grignoter un peu. Pas trop. Je ne veux pas que vous soyez lourds et empâtés.

Tout le monde évacue vers la fontaine d'eau. Sauf moi. Je suis paralysée à observer ces deux horribles soies rouges qui pendent du plafond à des hauteurs vertigineuses. Je tremble juste à y penser. Rom s'approche de moi.

— Zan, tu as bien compris que je n'endure aucune protestation ici. Et puis, ton corps est fait pour les soies. Tu as de bonnes épaules. Et crois-moi, je connais bien le cirque.

Je baisse la tête. Je crois bien que je vais devoir avouer un peu.

— Rom, c'est que j'ai peur des hauteurs.

Il me regarde et pour la première fois, un sourire étire ses lèvres.

— Je m'en doutais, tu sais. Mais Filis va t'aider. Et moi aussi.

Oh ça! Ce n'est pas une bonne nouvelle! Le plus loin je me trouve de Rom, le mieux je me sens. Je dois trouver une solution pour me sortir de ce guêpier.

— Rom, je veux bien m'entraîner un peu. Mais tu sais, ici au SAS, pour le spectacle, je peux vous aider autrement.

— Comment?

Rom a l'air intrigué. Il est trop bizarre! Des fois, il peut avoir l'air menaçant et des fois, comme maintenant, il a l'air gentil!

— Je fais de la musique Rom... Beaucoup de musique... Et on me dit que je suis pas mal. Sur le Web, mes amis me le disent.

Il me regarde, avec toujours un sourire narquois aux lèvres.

— J'ai tout ce qu'il faut chez moi tu sais, j'insiste. Un synthétiseur, un ordinateur. Et puis, je compose des chansons. Je pourrais préparer toute la musique et les chansons du spectacle.

— Et qui les chantera Zan, ces chansons?

Je ne veux pas lui dire que je chante aussi. Mais, si je ne le fais pas, il me retourne aux soies à temps plein, je le sens dans toutes mes veines. Je n'ai pas le choix!

— Moi...

— Parce que tu chantes aussi?...

— Oui... enfin... Un peu...

— Vas-y !

— Vas-y... quoi ?

— Chante ! Prouve-moi ce que tu sais faire !

— Maintenant ? Ici ?

— Ici. Maintenant. Sinon, je ne te crois pas.

Je tourne un regard désespéré à tous ceux qui m'entourent. Je chante chez moi, toute seule, avec seulement maman qui m'écoute. Mais devant tous ces gens ! Ils vont se moquer de moi !

— J'attends, qu'il insiste.

Pas le choix ! Je me lance ou bien... les soies ! Je choisis une chanson que j'ai écrite un soir où j'étais triste, toute seule. J'écris toujours des chansons tristes.

Et j'ouvre la bouche. Chanter *a cappella*, sans instrument pour m'accompagner, c'est une des choses que je préfère. Mais quand je suis toute seule ! Pas ici !

Je regarde Rom. Il attend. Bon, ben, allons-y !

Alors, je chante. Ma voix, je sais qu'elle est douce, assez haute.

Et à mesure que les mots me viennent à la bouche, je me sens comme cette nuit-là, quand je les ai écrits ! Terriblement seule !

La chanson parle d'un papillon, très beau, tout bleu, et qu'on a épinglé sur un mur, les ailes encore battantes, et le cœur palpitant. Un papillon qui sait qu'il va mourir, solitaire, sur un mur inconnu, parmi des étrangers. Mourir pour rien, juste pour faire joli sur un mur, pour faire une décoration.

Quand j'ai fini de chanter, j'ouvre les yeux. Le visage de Rom s'est transformé! Une énigme, cet homme! Il est comme... comme quelque part entre la douleur et l'étonnement. Est-ce que j'ai encore fait quelque chose de stupide?

— C'est bon!, finit-il par laisser tomber à voix basse et... oui... pour une fois, sa voix est douce et gentille. Je te nomme responsable de la musique. Mais, ajoute-t-il à mon grand désarroi, tu t'entraîneras AUSSI aux soies.

— Mais pourquoi? Puisque... la musique me prendra beaucoup de temps!

— Mais tu feras aussi les soies Zan. Dans mon cirque, tous les artistes savent utiliser leur corps. Et tu ne feras pas exception. Allez! Assez parlé! Au travail maintenant!

Et le voilà qui me quitte aussi sec! Bon! Je n'ai pas tout gagné, mais, au moins, je ne passerai pas huit heures par jour suspendue à un fil à un million de kilomètres au-dessus du sol!

— Zan, viens voir!...

— J'arrive Filis.

Il est à côté de la si petite fille, l'équilibriste sur un fil. Ou plutôt, comme je viens de l'apprendre, la funambule. Je m'approche.

— Je te présente Sofi!

— Bonjour Zan.

Sa voix est toute frêle, comme celle d'Élixir. Je l'examine de plus près, horrifiée qu'on fasse marcher une aussi jeune enfant sur un fil de fer.

Mais Sofi n'est pas une enfant!

Elle a le visage d'une adolescente, comme le mien. Un visage doux, encadré par ses longs cheveux soyeux. Mais sans aucun doute, elle est plus vieille que 5 ans! Elle éclate de rire, et son rire sonne comme les plus merveilleux grelots que je n'ai jamais entendus!

— Tu es surprise, pas vrai?

— Oui, un peu, je bredouille.

— J'ai 13 ans. Comme toi! Simplement, il y a longtemps, j'ai arrêté de grandir, c'est tout. Une maladie...

— Je suis désolée... je ne savais pas, je bredouille encore, et il me semble que mon visage doit être complètement rouge.

— Ne t'en fais pas!, s'écrie-t-elle. Les gens sont toujours étonnés quand ils me voient!

— Tu sais, Zan, dit Filis, Sofi est extraordinaire. Comme funambule... et comme amie...

— Je... je... j'en suis sûre...

— Bon, ce n'est pas tout ça! Excusez-moi, interrompt Sofi. Je remonte sur mon fil!

Et elle ouvre une petite ombrelle, toute jaune et dorée.

— C'est pour garder mon équilibre, qu'elle m'explique avant de remonter la petite échelle qui la conduit à son fil.

Pas apporté de lunch, j'ai oublié. De toute façon, je n'ai pas faim! Je préfère écrire dans mon journal. Et puis, j'ai décidé que j'écrirais tout ce qui se passe ici…. pour me souvenir et me protéger. Comme ça, s'il m'arrive quelque chose… comme ce qui est arrivé aux chats! Et puis aussi, lorsque je relirai mon journal, je trouverai peut-être des indices, des explications à ce que j'ai vu hier!

— Alors!, me dit Filis. Tu viens commencer à apprendre les soies avec moi?

Ce qu'il a un sourire enjôleur ce Filis-là!

— Pas maintenant. Je suis occupée.

— Occupée? Et qu'est-ce que tu fabriques?

— Rom m'a chargée d'écrire la musique et les chansons du spectacle. Je commence. Après tout, c'est dans quatre semaines!

— Tu écris de la musique?

Humm… j'aime ça quand on me regarde avec admiration! Ce n'est pas si souvent que ça m'arrive!

— Oui. Toute ma vie, j'ai composé et fait de la musique et des chansons. Chez moi. Toute seule.

— Et qu'est-ce que tu joues?

— Tout.

— Tout?

— J'ai un synthétiseur. Je compose toutes les partitions. Piano, flûte, violons, basse, tout quoi… et les chansons…

64

Il me regarde avec encore plus d'admiration.

Mais là, je deviens gênée. Je n'aime plus ça. Finalement, je n'aime pas qu'on se préoccupe trop de ma personne. Et puis, ce n'est pas parce qu'on écrit de la musique qu'il faut être admirée. J'aimerais mieux qu'on m'admire seulement parce que ma musique est bonne ! Et si ma musique est bonne, Filis ne peut pas le savoir. Il ne l'a jamais entendue ! Je suis compliquée, je sais, mais je suis comme ça !

— Dis-moi Filis, ce matin, je n'ai pas vu Louis Champa. Il n'est pas là ?

J'ai pris un air innocent. Louis Champa, c'est le nom sur la lettre que j'ai copiée cette nuit.

— Louis Champa ?

Je commence à le connaître, Filis. Quand il veut cacher quelque chose, il plisse les yeux et les détourne.

— Oui. Tu le connais ?

— Ouuiii... Enfin un peu...

— Alors ?

— Alors, il est venu ici quelque temps, mais il a disparu.

— Disparu ?

— Enfin... il n'est plus revenu au SAS. Il était... il était très compliqué, tu sais, il posait toujours des questions, fouinait partout et ne travaillait jamais vraiment fort. Je crois que Rom et Dex en ont eu assez.

— Mais où a-t-il disparu ?

— Je n'en sais rien. Tu ne viens pas t'en-traîner aux soies alors ?

Filis a l'air de vouloir changer de sujet. J'ar-rête d'insister.

— Tout à l'heure Filis. Je vais d'abord essayer d'écrire une ou deux notes en vous regardant.

Et j'ai ajouté, maligne, pour le rassurer, mais aussi parce que c'est vrai.

— Tu sais, je n'ai jamais rien vu d'aussi magique Filis. Vous tous, dans tous ces mou-vements impossibles, le corps suspendu et qui vole de fil en fil, c'est... magique... Il n'y a pas d'autres mots ! Et j'ai vraiment envie de composer de la magie pour vous... Vous m'inspirez !

Il sourit.

— Tant mieux ! À plus tard, Zan !

14 h 26 — Je suis assise au SAS et je ne peux pas m'empêcher d'être fascinée !

C'est rien qu'un vieil entrepôt cassé, plein de brume, de rouille et de machines déconstruites. Mais avec tous ceux-là qui voltigent ! C'est fabu-leux ! Malgré moi, je suis contente d'être ici. Et Sofi, là-bas, on dirait qu'elle est au-dessus des nuages sur son fil, un ange à l'ombrelle d'or. Et je...

Oh ! Je viens d'avoir une idée de chanson !

Zut ! Je n'ai plus assez de papier... Du papier ! Ça doit bien exister quelque part, ici. Oui. Mais sûrement seulement dans le fameux bureau vitré !

Je jette un coup d'œil autour de moi. Rom est avec les trapézistes. Il est occupé à leur faire la démonstration d'un nouveau mouvement.

Aïe ! Cet homme-là est capable de faire plein de saltos arrière, au moins trois ou quatre, avant de se raccrocher au trapèze ! C'est un véritable artiste du cirque, Rom ! Il a même dû faire partie des plus grands artistes, j'en suis sûre. Il devrait entraîner les meilleurs acrobates au monde ! Comment a-t-il pu aboutir dans cette petite école pour jeunes ? Ce soir, je vais faire une autre recherche sur le Web. Il a peut-être un autre nom ? Je suis sûre qu'il est connu, qu'il est célèbre. Peut-être a-t-il eu des problèmes, là où il était avant ?

En attendant, Rom est occupé et c'est parfait ! Je vais pouvoir me faufiler dans le bureau sans être vue. Et Dex n'est pas au SAS aujourd'hui. Je ne l'ai pas vu arriver. Je commence à être habituée maintenant et je me dirige mine de rien vers le bureau. Un dernier coup d'œil derrière. Parfait ! Ils sont tous occupés. Je grimpe les marches, m'arrête sur le seuil du bureau. Personne. La lumière est éteinte.

Je commence à chercher sur le pupitre une tablette de papier.

— Que faites-vous ici ?

Je fige. Me retourne.

Dex est là, devant moi, tapi dans la noirceur.

— Je m'excuse... monsieur... Je cherchais...

— Que cherches-tu ?

— Du papier, monsieur. Du papier pour écrire.

— Je me doute assez que c'est pour écrire que tu as besoin de papier !

— Oui, je suis idiote. Excusez-moi.

Il sort lentement de son coin. Et je me rends compte qu'il a du mal à marcher. En fait, il traîne une jambe, comme s'il traînait un boulet. Il s'approche de moi. Il est vraiment impeccable dans son beau costume. Il respire la richesse et le soin. Comme s'il voulait faire oublier son handicap ! Il allume la lumière, et j'aperçois son visage. Lisse, beau, mais étrangement crispé. Une sorte de douleur, comme s'il avait mal quelque part, qui défait ses traits et ses yeux surtout. Il se tourne vers moi, m'examine en silence.

Et soudain, la catastrophe !

Je viens d'apercevoir une feuille de papier coincée dans le tiroir du bureau. Une lettre.

MA lettre, celle de madame Beck ! J'ai dû mal replacer le classeur, cette nuit, parce que j'étais trop énervée, et j'ai laissé échapper ma lettre.

Il suit mon regard, aperçoit le document. Cligne des yeux. Il se penche, péniblement, prend la lettre. Au premier coup d'œil, il la reconnaît. Il me jette un regard perçant.

Je suis rouge, je le sens. S'il ne se doutait pas que je suis venue fouiller ici, maintenant, j'en suis sûre, il le sait.

Ma vieille, tu es vraiment dans la soupe de problèmes ! Il se penche de nouveau vers son bureau sans rien montrer de ce qu'il pense.

— Tiens ! Voilà une tablette de papier pour écrire.

— Merci monsieur..., je vais redescendre... Excusez-moi...

J'enfile mes souliers de course. Je file vers l'escalier et je rejoins mon perchoir, dans un coin du SAS. Gênée, je lève les yeux vers le bureau vitré. Il est toujours là, qui m'observe avec ses yeux trop clairs. Puis, il avance vers le haut de l'escalier et lance vers la salle.

— Rom, montez me voir, je vous prie !...

Je suis des yeux Rom délaisser son trapèze et rejoindre Dex. Ils ferment la porte du bureau vitré. Dex me désigne d'un geste à Rom.

Je baisse les yeux vers mon papier encore tout blanc. Inutile de dire qu'il y a longtemps que j'ai perdu mon idée de chanson !

Je ne sais pas combien de temps je suis restée à contempler ma feuille de papier blanc. Mais, quand j'ai relevé la tête, je les ai vus, tous les deux, qui ne me lâchaient pas des yeux !

En tout cas, il y a une chose de sûre, une chose que j'ai eu le temps de vérifier dans le bureau de Dex : les oiseaux morts ont disparu !

À l'appartement — 00 h —
Je n'arrive pas à fermer l'œil !
Qu'est-ce que je dois faire ?

Il y avait un oiseau mort dans la cage d'Élixir quand je suis rentrée ce soir. Un oiseau de rue. Mort.

Quelqu'un est venu ICI AUJOURD'HUI. Pendant que j'étais au SAS. Quelqu'un s'est introduit dans l'appartement pendant mon absence. Pour me faire peur ? En tout cas, quelqu'un suit mes traces. Mais qui ça ? Qui veut me faire peur ? Et qu'est-ce que j'ai fait ? Je ne sais pas.

J'ai posé l'oiseau mort sur la table devant mes yeux. Un petit oiseau minuscule, tout mou maintenant. Il est brun, pas vraiment beau, mais tellement fragile. Je sens ses petits os quand je le touche. Une douce couche de plumes molles, toutes tendres, puis une patte, un os pas plus gros qu'un cure-dent. Un oiseau, c'est comme du verre fragile qui se cache dans une couette de duvet pour éviter qu'on lui fasse mal. Mais, celui-là, on l'a tué quand même. Et ça me fait peur. S'ils peuvent tuer un oiseau, comme ça, qu'est-ce qu'ils peuvent faire ? Et moi, qu'est-ce que je dois faire ? Parce que dans mon appartement, il y a aussi maman ! Et maman, je DOIS la protéger ! Comment puis-je être sûre que personne ne reviendra à l'appartement pendant mon absence ?

Alors, qu'est-ce que je fais? J'ai déjà regardé mes courriels. Aucune nouvelle de Lostmax. Aucune nouvelle de personne.

Je tourne en rond dans l'appartement, comme hier soir. Je m'approche de maman. Elle dort. Si elle était tout là, avec toute sa tête et ses gentilles paroles, qu'est-ce qu'elle me dirait? Cette nuit, son silence est vraiment difficile à supporter! J'aurais vraiment besoin de quelqu'un.

Et quelqu'un, quelqu'un qui peut m'aider, je n'en connais qu'un seul.

Lostmax!

Et même s'il ne peut pas m'aider, même s'il ne me répond pas, je peux au moins lui parler, enfin, ne pas lui parler, mais lui écrire. Je me sentirais moins seule!

ZAN ÉCRIT À LOSTMAX:
LOSTMAX, c'est très urgent…, ce soir, après le SAS, je suis allée faire des courses et quand je suis rentrée à l'appartement, j'ai trouvé un oiseau mort dans la cage d'Élixir… Je crois vraiment qu'il y a du danger! Et même pour maman! Alors, aide-moi. Réponds-moi vite. Aide-moi à trouver ce qui se passe et surtout, comment me protéger. As-tu tout lu ce que je t'ai envoyé?
En attendant ta réponse, ben je suppose que je suis mieux de retourner au SAS?

Je ne sais pas si ça servira à quelque chose ! Si au moins Lostmax pouvait me répondre ! Où est-il passé, l'animal ? J'avais pourtant dit que c'était urgent !

Élixir est venu me rejoindre sur mon épaule. Il se cache dans mon cou. Est-ce qu'il a peur aussi ? Si seulement je pouvais t'apprendre à parler, Élixir ! On pourrait faire un peu de conversation tous les deux ! Tu me dirais qui est venu ici aujourd'hui pendant que j'étais au SAS.

Je prends Élixir dans mes mains, le caresse. Il devient tout mou, affectueux. Il adore se faire caresser. Il est le seul être vraiment vivant dans cet appartement, dans ma vie. Le seul qui m'aime et qui peut me le montrer. S'il devait t'arriver quelque chose, je crois que...

Ah ! Ce soir, je ne m'aime pas ! Si au moins quelqu'un, n'importe qui, pouvait répondre à mes courriels ! On m'oublie ou quoi ?

1 h — Je vais mieux ! — Un peu !
Mais il faut admettre qu'il s'est passé tellement d'événements depuis deux jours ! Je suis tout étourdie ! Et si j'essayais de résumer ? De faire le ménage dans ce qui s'est passé et poser les bonnes questions ? Bonne idée. Surtout que cela m'évitera de regarder le ménage que je n'ai pas fait dans l'appartement ! La poussière commence à rouler !

RÉSUMÉ

FAIT : des dizaines de chats sont morts au SAS. Pas de blessure.

QUESTION : Comment sont-ils morts ? Poison ?

QUESTION : Qui les a tués ? Rom ? Dex ? Les deux ensemble ? Quelqu'un d'autre ?

QUESTION : Pourquoi Rom a-t-il fait disparaître les cadavres de chats en pleine nuit ? En cachette ?

FAIT : Rom et Dex ont paru fâchés ou soucieux en lisant ma lettre de madame Beck. À mon avis, c'est la note de madame Beck qui mentionne que je suis un code 5 qui les a énervés.

QUESTION : Qu'est-ce qu'un code 5 ?

FAIT : Louis Champa a disparu du SAS. Filis dit qu'il posait beaucoup de questions.

QUESTION : Qui est Louis Champa ? Et où a-t-il disparu ? Et quelles questions posait-il ?

FAIT : Rom est, de toute évidence, un grand artiste du cirque.

QUESTION : D'où vient-il ? Qui est-il ? Et surtout, comment un acrobate aussi génial a-t-il fait pour se retrouver dans une simple école de cirque, alors qu'il pourrait être entraîneur dans un grand cirque ? Pourquoi est-ce que je ne trouve rien sur lui sur le Web ? A-t-il changé de nom ?

FAIT : Dex est un homme riche. Sur le Web, sa vie commence il y a deux ans seulement. Rien avant.

QUESTION : D'où vient-il ? Que faisait-il avant ? Et surtout, pourquoi un homme si riche s'occupe-t-il de jeunes dans un obscur entrepôt, alors qu'il devrait faire des affaires prospères dans la grande ville ?

Et enfin, le plus important :

FAIT : Quelqu'un s'est introduit dans mon appartement durant mon absence. Quelqu'un assez fou pour tuer un oiseau, seulement pour me faire peur.

QUESTION : Qui est venu ici ? Dex ? D'autres que je ne connais pas encore ?

Je crois bien que j'ai fait le tour du problème. Est-ce que ce résumé m'aide ? Ben non ! Il faut être honnête avec soi-même ! Ce résumé ne m'aide pas du tout ! Il me mélange !

Bon. Il est 3 h. Il n'y a plus rien à faire ! Je crois bien que je dois aller dormir ! Je vais quand même vérifier que la porte est bien fermée ! Et tiens ! Au point où on est rendu, je vais pousser le gros fauteuil devant. Pour être plus sûre... Et puis, je vais dormir avec le gros chandelier que maman a rapporté de Grèce. Il est lourd..., mais il fera parfaitement l'affaire au cas où... On ne sait jamais !

Élixir ! Viens dormir avec moi ! Je préfère ne pas dormir toute seule cette nuit...

Note à moi : Ne pas oublier de dire à mes amis virtuels que j'ai rajouté la chanson du papillon sur ma page perso, au code secret Assommoir.

Au SAS — 9 h

— Rassemblement !

Je commence à m'habituer ! Tous les matins, c'est la même chose. Rassemblement ! On se retrouve tous autour de Rom. Mais cette fois, il y a une nouveauté. Dex est à côté de lui.

— De façon générale, commence Rom, je suis assez satisfait de la manière dont vous travaillez. Je crois que nous allons pouvoir monter un bon spectacle. Comme vous le savez tous maintenant, Zan se charge d'écrire de la musique originale ce qui est excellent. Sinon, nous aurions dû utiliser de la musique toute faite.

... Rom parle et parle, et je n'écoute pas. Je préfère regarder autour de moi. Christelle a toujours son air boudeur et ses yeux lourds de maquillage noir. Elle n'accepte vraiment pas de ne pas faire équipe avec Filis. Alexis, le clown « triste et drôle », s'est maquillé. Il a le visage blanc. Blanc comme de la craie, avec une bouche très rouge qui lui donne... En fait, il a vraiment l'air d'un clown triste. Deux autres garçons, Simon et Laurent, jonglent avec... des bananes et des pommes ! Quant à Sofi, la petite Sofi, on dirait une magnifique porcelaine d'or... : elle a un chouette costume qui roule jusqu'à ses pieds comme un ange. Je la contemple, fragile. Je vais lui faire une chanson. Juste pour elle. Je viens de décider qu'elle serait la vedette de ma musique !

— Zan, tu écoutes ?

Oups !

— Oui, Rom. Excusez-moi.

— Très bien ! C'est le moment maintenant de vous dire à quoi ressemblera notre spectacle. Nous allons faire tous les numéros de cirque, bien sûr, mais ces numéros raconteront une histoire. Un conte de fées, mais un conte noir... qui finit bien ! Ce conte le voici : une toute petite fille vit dans un monde sans amis, sans beauté, sans lumière...

— Ça ressemble à notre vieux quartier !, lance Filis.

— Oui, c'est un peu ça, Filis. Une nuit, seule et désespérée, en regardant les étoiles, la fillette décide qu'elle quitte ce monde pour rejoindre les étoiles et le ciel. Et c'est ce qu'elle fera... en montant lentement sur... sur son fil de fer !

— Et ce sera Sofi ! Quelle bonne idée !, je ne peux pas m'empêcher de crier. Je me mords les lèvres. Moi qui n'aime pas parler, j'aurais dû me taire. Mais l'image était trop jolie.

— Oui, Zan, ce sera Sofi. Sofi qui aura beaucoup de mal à se hisser au-dessus du monde des ombres et de l'obscurité. Car ces ombres — et ça sera vous tous, acrobates — feront tout pour la retenir au sol. Malgré tout, la fillette parviendra au prix de mille difficultés et dangers à se hisser vers le ciel, la lumière. C'est alors qu'apparaîtront les acrobates, les jongleurs, les trapézistes qui lui feront une fête pour l'accueillir. Mais il y aura eu, avant, une lutte terrible entre les deux mondes jusqu'à la victoire finale de la lumière. Et la finale, notre finale, sera éclatante. Sofi découvrira des amis, un monde heureux, un rêve. Voilà l'histoire. Des commentaires ?

Pas de commentaires. Apparemment tout le monde est satisfait.

— Très bien. Il y aura beaucoup de changement de costumes et de décors dans ce spectacle. Zan, nous aurons besoin d'une musique dramatique pour le monde des ombres et une musique de fête pour la finale. Enfin, nous aurons besoin, pour raconter cette histoire, d'un narrateur qui fera partie du spectacle. Un narrateur, c'est-à-dire celui qui racontera l'histoire pour les spectateurs.

Rom s'arrête, nous regarde tous avec un visage fermé, puis il conclut :

— Cet homme sera joué par monsieur Dex lui-même ! Des questions ?

Pas de question. Même moi, je décide de faire la muette ! Même si le choix de Dex pour raconter cette histoire... bien, je ne le comprends pas. L'homme aux oiseaux morts ! Comment est-ce qu'il pourrait raconter une finale de lumières ?

— Au travail !, conclut Rom. Et n'oubliez pas de commencer par aller boire beaucoup d'eau !

Il m'ennuie avec son eau, celui-là ! Comme si on était des canards ! Bon. La troupe se disperse ! Sauf moi, qui reste sur place. Je ne sais pas trop quoi faire ! Je sens comme un malaise. Mais je ne sais pas d'où il vient ! Je suis là, plantée comme un arbre tout seul au milieu de son champ. Pas comme si j'ai déjà vu ça, un champ ! Je ne suis jamais allée à la campagne ! Mais je regarde des films, comme tout le monde !

— Zan, tu viens t'entraîner avec moi, ce matin ?

Je sursaute.

— Filis, tu m'as fait peur !

— Je sais. Tu étais perdue dans ta tête. Où étais-tu ?

— Je pensais…, je réfléchissais…

— À quoi ?

Je voudrais lui répondre, lui dire la vérité. Il me semble que je pourrais faire confiance à Filis. Et j'ai vraiment besoin d'avoir un ami en qui j'aurais confiance. Surtout que Lostmax ne m'a toujours pas répondu ! J'hésite. Et puis, juste au moment où j'ouvre la bouche pour dévoiler à Filis ce qui m'embête, Rom s'approche. Son visage est fermé, ses yeux sont plissés, si bien qu'on n'aperçoit qu'une flamme filtrée à travers ses paupières. Est-ce que c'est lui qui a déposé l'oiseau mort dans la cage d'Élixir ? Et est-ce qu'il devine que je l'ai vu l'autre nuit ? Quand il a caché les cadavres de chats ? Non ! Sûrement pas ! À moins que…, c'est vrai que cette nuit-là, il y avait une auto stationnée à côté de la porte du SAS. Et il me semble que j'ai vu une ombre dans le noir ! Mais je courais si vite cette nuit-là !

— Zan, aujourd'hui, tu travailles aux soies avec Filis, lance Rom. Et je veux voir un progrès rapide.

Sa voix est… oui, il faut l'avouer. La voix de Rom est aujourd'hui dure et sèche. Je n'aime vraiment pas !

— D'accord Rom ! Je vais m'entraîner avec Filis.

Je n'ai pas trop le choix !

Et c'est avec le cœur dans les talons que je suis Filis jusqu'aux soies. Je lève la tête, je regarde la hauteur de ces deux foutus fils-là. Je ne pourrai jamais monter jusque là-haut !

Au SAS — 12 h

Je veux la paix !

J'en ai assez de monter et de redescendre des soies ridicules !

Je mange, toute seule dans mon coin, sur un perchoir que je me suis trouvé, une structure de métal rouillée, sûrement un vestige de l'ancienne usine de tapis. Deux pommes, un concombre. Foutu concombre ! Je commence à en avoir marre des concombres !

J'entends le rire de Sofi, assise avec les autres près de la fontaine. Parlant fontaine d'eau, j'ai encore oublié d'apporter un jus. Je suis obligée de boire à l'eau de la fontaine moi aussi. Je n'aime pas tellement!

14 h 20 — Je suis tellement fatiguée de monter et de descendre les soies! Je n'en peux plus!

J'aimerais pouvoir encore me sauver et aller explorer les dédales de la vieille usine. Découvrir si d'autres chats et d'autres animaux sont morts. Mais je ne peux pas m'esquiver en cachette. Il y a toujours le regard de Rom qui me suit partout. On dirait qu'il tient toujours à savoir où je suis, ce que je fabrique! Même quand il est au trampoline ou aux trapèzes, ou encore avec les jongleurs qui ont échangé leurs bananes pour des balles de couleur, il me surveille! Et quand Rom est trop occupé, c'est Dex, du haut de son bureau vitré, qui ne me lâche pas des yeux. J'ai un peu l'impression d'être prisonnière ici. Sous haute surveillance. Et si je revenais fouiner dans le coin cette nuit?

16 h 52

J'ai les mains et les épaules en compote. Les soies! Ce que c'est difficile! Monter jusqu'au sommet! Filis le fait et il monte en riant jusqu'au plafond, se laisse tomber, tête en bas, en se tenant par les pieds! Il m'a expliqué sa tactique.

— Zan, regarde bien ! Regarde mes pieds ! Je les enroule autour de la soie ! Comme ça ! Tu vois ?

Je vois bien, mais entre voir et faire, il y a tout un monde !

— Ensuite, continue Filis, tu prends appui sur la soie et tu grimpes ! Tu attrapes avec tes mains la soie au-dessus de ta tête ! Tu vois ?

Je vois, je vois !

— Essaie !

Non !

— Allez ! Vas-y !... C'est ça, tu enroules tes pieds ! Maintenant, pousse vers le haut !

Je pousse, je pousse !

— Tu vois Zan. En fait, il faut faire comme une chenille. Elle se ramasse en petit tas, puis elle pousse en avant ! C'est facile. Pense à la chenille ! D'ailleurs, monter aux soies, c'est comme ça qu'on dit : faire la chenille !

— C'est quand même drôle Filis, je dis en m'arrêtant, tout essoufflée !

— Qu'est-ce qui est drôle ?

— Faire la chenille ! Parce que, tu vois, j'ai écrit une chanson ! Une chanson où je me compare à un papillon qui veut s'envoler ! C'est cette chanson que j'ai chantée à Rom. Ce qui est drôle, c'est qu'avant d'être un papillon, il faut être une chenille ! Et là, tu me fais faire la chenille pour vrai !

Filis s'approche.

— Ben, tu vois! Ma belle petite chenille! Si tu veux faire comme dans ta chanson, devenir un beau papillon, tu dois apprendre à grimper comme les chenilles! Tu es destinée à apprendre les soies!

Ouais!

Il m'a dit que je monterais, demain, jusqu'au sommet avec lui! La chenille dit: «Pas question!»

En attendant, je me pose la question: est-ce que je ne devrais pas lui faire confiance, à Filis? Lui montrer un peu ce que j'ai découvert? Lui parler de l'oiseau mort, chez moi?

Parce que je n'arrête quand même pas d'y penser tout le temps!

Et maman qui est toute seule à l'appartement!

17 h 37

— Zan, où me conduis-tu?

— Suis-moi, Filis! Fais-moi confiance!

Je me suis décidée. Filis est trop gentil. Il me montre des acrobaties en prenant bien soin que je ne me fasse jamais mal. Plus, lorsque je suis tombée cet après-midi, il s'est précipité pour me recevoir dans ses bras.

Je vais lui faire confiance. Après tout, on ne peut pas passer sa vie en se méfiant de ses pareils! Je l'amène donc dans les terrains vagues, derrière l'usine.

— J'ai quelque chose à te montrer Filis. Quelque chose de choquant, caché dans les vieux barils.

— Et que veux-tu me montrer ? Tu as découvert un trésor ? Comme dans les films ?

Il rit et fait des farces, mais dès qu'il verra !... On arrive aux barils, je soulève le couvercle du gros baril, ouvre le sac vert déposé par Rom.

— Regarde !

— Pouah ! Qu'est-ce qui sent mauvais comme ça ?

Il a raison. Je manque de tomber dans les pommes tellement l'odeur est terrible. La chaleur épouvantable qu'il fait depuis des jours a fait des ravages ! Des ravages pour le nez !

— Mets ta main sur ton nez et regarde !

Il se penche, jette un coup d'œil et recule aussitôt.

— Zan, qu'est-ce que c'est ça ?

— Des cadavres. Des cadavres de chats. Des dizaines de chats. Je suis certaine qu'on les a empoisonnés.

— Empoisonnés ? Pourquoi dis-tu ça ?

— Parce que les chats ne meurent pas sans raison. C'est comme les humains. Il doit y avoir une cause à leur mort. Et je veux la découvrir. Et je veux aussi découvrir pourquoi Rom les a cachés ici, en pleine nuit.

— Qu'est-ce que tu racontes ?

Je lui fais un bref exposé, je lui raconte tout depuis le début. Il m'écoute, silencieusement. Il devient de plus en plus grave et soucieux à mesure que je lui sors mon histoire.

— ... Et tu vois, le plus étrange dans tout ça, Filis, c'est cette histoire, c'est cet oiseau que j'ai trouvé mort dans la cage de mon Élixir ! Quelqu'un est rentré chez moi, juste pour me faire peur ! Et tout ça, depuis que j'ai mis les pieds au SAS. C'est le SAS, Filis, qui n'est pas normal, tu ne trouves pas ?

Filis ne répond pas. Manifestement, son cerveau bouillonne à toute vapeur. J'ai hâte de savoir ce qu'il pense de tout ça et, encore plus, qu'il me dise ce que je devrais, ce que *nous* devrions faire. Ensemble. Car il va m'aider, c'est certain.

Il ne dit toujours rien, et je commence à trouver le temps long.

— Alors Filis, qu'est-ce que tu en penses ?

Il me regarde avec un drôle d'air. Je n'arrive pas à déchiffrer ce qu'il pense. Et puis, il laisse tomber, tout à coup :

— Zan, je pense que tu as beaucoup d'imagination. Il n'y a rien d'anormal au SAS.

— Beaucoup d'imagination ? Mais Filis !

Il sourit, mais c'est le vilain sourire de Filis, son sourire pas naturel.

— Oui, beaucoup d'imagination. Tu es une artiste Zan, une vraie artiste !

— Mais Filis ! Et les chats morts ?

— Ils auront mangé par mégarde du poison à rats.

— Du poison à rats ! Et… et l'oiseau mort, dans la cage d'Élixir ?

— Il sera rentré par une fenêtre qui est restée ouverte. Et puis, il se sera sûrement cogné la tête sur la cage. Tu as dit qu'il était très petit.

Je ne sais plus quoi répondre. Je le regarde avec des yeux démesurés. Il garde la tête baissée.

— Zan, excuse-moi, finit-il par lancer. Je dois absolument partir. J'ai… j'ai beaucoup de choses à faire. On m'attend.

Et il me laisse plantée là, détale aussi sec à travers les terrains vagues. Je le vois disparaître derrière les vieilles carcasses d'autos.

Ben ça alors ! ! ! !

Je suis… je suis… désespérée ! Oui, il n'y a pas d'autres mots. Tout l'après-midi, je me suis sentie de plus en plus rassurée, heureuse, oui, heureuse presque, d'avoir enfin trouvé quelqu'un en qui avoir confiance, quelqu'un qui m'aiderait. Et voilà qu'il se sauve… qu'il me laisse tomber ! Qu'il me fuit en me traitant de… oui… de stupide. Parce qu'«artiste», c'était juste le mot gentil pour cacher le mot «stupide» !

Je me mords les lèvres pour ne pas pleurer.

C'était la première fois de ma vie que je faisais confiance à quelqu'un. Quelqu'un de vrai. Pas un ami virtuel que je ne connaîtrai jamais.

J'ai presque eu le sentiment, pendant un moment, d'avoir, pour la première fois de ma vie, trouvé un ami. Un vrai. Fidèle, loyal.

Et puis vlan ! La fuite ! Comme... comme un lâche !

Je regarde autour de moi, les terrains vagues..., ma cachette un peu plus loin, la cabane du Vieux..., il pourrait peut-être me consoler aujourd'hui ? Même un peu fou, c'est mieux que rien !

Le Vieux, il n'est même pas là aujourd'hui ! Disparu !... Filis a disparu... Même ceux de la bande à Lazarr ont déserté l'endroit aujourd'hui ! Disparus eux aussi !

Il y a juste, devant moi, un terrain vide, pas loin du port, un terrain jonché de déchets, plein de boue et de flaques d'eau sale que j'essaie de voir comme le plus beau lac ! Que J'IMAGINE comme un beau lac !... et j'ai une maman qui ne parle pas et que J'IMAGINE me raconter des histoires... Le Vieux, qui parle tout seul, qui vit dans des boîtes et que pourtant, J'IMAGINE être mon grand-père !...

Oui, Filis a raison... J'ai trop d'imagination..., trop d'imagination pour être comme les autres... pour vivre parmi les autres. Et tout ce qui s'est passé depuis deux jours au SAS, je l'ai inventé pour m'inventer une vie — une vraie vie — une vie comme celle de tout le monde.

Il vaut mieux que je parte d'ici... vaut mieux que je rentre chez moi. Si je reste là, toute seule...

Bon. Je reprends lentement la route, dans un des sentiers du terrain, repasse à côté du fameux baril où je replace machinalement le couvercle.

Il y a des mots qu'on n'écrit pas, même dans son journal personnel. Comme « pleurer » par exemple. Je préfère le dessiner.

Je continue d'avancer tête basse, en faisant semblant que je ne pleure pas... En donnant des coups de pied rageurs dans toutes les ordures qui enlaidissent le champ, des canettes vides, des jouets d'enfants, de la vaisselle cassée, des papiers, des tonnes de papiers jaunis et boueux, des vieux journaux, des affiches déchirées, des vieilles lettres et des papiers tombés des porte-feuilles et poussés par le vent jusqu'ici, des annonces de bateaux, de cirque...

De cirque?

???????????????

Je me retourne *presto*! Qu'est-ce que je viens d'apercevoir? Où est passé ce foutu papier? Je me jette par terre, balaie tout ce qui se trouve autour de moi et... ça y est, je le tiens!

C'est une petite annonce jaunie, pliée pour tenir dans un portefeuille. D'après la photo et le design, l'annonce date d'il y a plusieurs années... C'est une annonce pour un spectacle de cirque, le Cirque Mango, en tournée à... ouf!... Il y a plusieurs lettres là-dedans! Je suis mieux de recopier lettre par lettre!

V-l-a-d-i-v-o-s-t-o-k

Vladivostok!

Connais pas! Peut-être en Russie? Je cher- cherai sur *Troouve*. 🖱

Trop étrange que ce papier de cirque tombe, par hasard, à côté du SAS, une école de cirque! Un peu trop de coïncidences à mon goût! Et je ne crois pas trop aux coïncidences!

Je me recule un peu, regarde autour de moi et... oui... c'est exactement ce qui a dû se passer. C'est non loin d'ici que Rom, en portant les chats, a laissé échapper sa lampe de poche... L'annonce a dû glisser de sa poche, et il ne l'a pas remarquée...

Tout à coup, l'espoir vient de renaître! Vite, à la maison, trouver sur le Web qu'est-ce que c'est que ce Cirque Mango! 🖱 Je détale en courant! À coup sûr, je...

Bang, je m'écroule... Un coup sur la tête...

— Vite! Vite les gars! Fouillez ses poches!

— À quoi il ressemble ce papier, Lazarr?

— Je n'en sais rien moi... Le type m'a dit comme une feuille de papier... une annonce!

Je n'ai pas perdu conscience. Mais je suis complètement étourdie. Je sens des mains fouiller mon chandail et mes poches. Non! Pas question!

Je donne un bon coup de poing dans le premier ventre venu. Et je me mets à me débattre comme un diable! Mais, je sens aussitôt une pression terrible sur moi. J'ouvre les yeux et je vois les cinq à Lazarr sur moi. Ils me tiennent les mains et les jambes. Les visages sont tout rouges. Je dois leur donner beaucoup de mal. Une diablesse je suis devenue! C'est que je sais comment me défendre quand je le veux! Mais, quand même, ils sont beaucoup sur moi! Je ne peux plus bouger, moi! Mon cerveau travaille à toute vitesse. Pas de jambes, pas de mains? Qu'est-ce qu'il me reste? Ceci!

Crac!

Un des gars pousse un hurlement.

— Elle m'a mordu! Les gars! Elle m'a mordu!

Et il tient son poignet d'où s'échappent des gouttes de sang. C'est vrai que j'y suis allée assez fort. Mais il faut ce qu'il faut!

Sauf que ce n'était peut-être pas une bonne idée! Parce que leur fureur est pire. C'est une véritable bande de jeunes sauvages qui se jettent sur moi et, tout à coup, il me vient à l'idée que je risque d'être vraiment amochée... Maintenant, ils ne veulent plus le papier, ne veulent plus se moquer de moi comme avant, ce qu'ils veulent, c'est décharger leur colère, me foutre une raclée !

Je ferme les yeux, serre les dents. Au moins, ne pas leur montrer qu'ils me font mal... rester digne dans la douleur... comme ils disent dans les films ! Parce qu'ils commencent à me faire vraiment mal, et je sens déjà mes lèvres enfler et...

Et...

Et tout à coup, plus rien !

Plus de pression sur moi, plus de coups !

— Sales garnements !, dit une voix connue.

J'ouvre les yeux... et je vois Rom qui en tient deux par le collet. En fait, les garçons ne touchent même plus à terre ! Et je vois leurs pieds qui s'agitent au-dessus du sol et leurs gros yeux exorbités. Les trois autres garçons ont reculé et protègent leurs arrières.

— Foutez-moi le camp d'ici ! Ou je vais vous donner une raclée que vous n'oublierez jamais !, dit Rom.

Il lâche les deux zigotos, et les cinq détalent sans même regarder derrière. Rom m'aide à me relever.

— Ça va, Zan ?

— Oui... oui... je crois que ça va, je parviens à bredouiller.

— Tu as les lèvres qui saignent. Attends !

Il sort de sa poche un grand mouchoir, le passe sur ma bouche et mon visage. Je ne dois pas être belle à voir! Il me palpe le corps, pour s'assurer que je n'ai pas de blessures.

— Qu'est-ce qu'ils te voulaient?, finit-il par demander.

J'hésite. Je ne vais quand même pas lui dire à propos du papier!

— Il y a des années qu'ils me cherchent des puces, Rom. C'est la bande de mauvais garçons du coin. Ils voulaient seulement me brasser un peu, histoire de me faire fuir…

— Qu'est-ce que c'est que ce papier qu'ils cherchaient?

— Je… je ne sais pas… vraiment, je ne sais pas…

Je regarde ailleurs.

— Et qu'est-ce que tu faisais, toute seule, ici?

Cette fois, la voix de Rom est méfiante.

— Je… j'ai l'habitude de venir ici, toute seule, pour écrire. J'ai une cachette, par là-bas. D'habitude, ils n'arrivent pas à me trouver, mais aujourd'hui…

J'espère qu'il me croit! Je le regarde.

— Hummm…, c'est tout ce qu'il trouve à dire.

— Ça va aller… je vais rentrer à la maison.

— Je vais t'accompagner à la maison

— NON!

Il me regarde, curieux… et soupçonneux.

— Non merci, que je répète plus doucement. Ça ira parfaitement. Je… je connais le chemin.

— Très bien, fait-il au bout d'un moment. Je vais au moins t'accompagner jusqu'à la rue.

— D'accord !

Cette fois, je n'ai pas osé dire non. J'ai encore un peu peur que les idiots ne reviennent me foutre des coups. On marche lentement tous les deux, et il me tient par le bras. On finit par déboucher devant l'usine, près du stationnement du SAS. Je lève les yeux et... j'aperçois Dex qui regarde la scène avec attention. Il est appuyé sur une auto.

— Je te remercie Rom. Je peux continuer toute seule maintenant. C'est la rue ici. Il y a beaucoup de monde.

Et je file avec soulagement vers la rue du dépanneur. Avant de tourner le premier coin de rue, je me retourne. Rom et Dex sont en grande conversation. Rom a l'air en colère. Il lève les bras et prend Dex, toujours appuyé sur son auto, par les épaules. Tiens ! C'est curieux ! Ce ne serait pas cette grande auto noire, luxueuse, que j'ai vue, l'autre nuit, près du SAS ? La nuit où Rom se débarrassait des chats ? Est-ce l'auto de Rom ? Ou celle de Dex ?

Celle de Dex. Il ouvre la portière et, avec difficulté à cause de ses jambes, monte à l'intérieur. Rom le regarde démarrer sans bouger. L'autre nuit, dans les champs derrière le SAS, il y avait donc Rom ET Dex ? Donc, c'est un de ces deux-là qui pourraient être entrés chez moi ?

Soudain, j'ai des sueurs froides. Je fouille mes poches en tremblant.

Je le savais. Je l'avais deviné! Le papier a disparu de mes poches!

Et je sais que ce n'est pas ceux de la bande à Lazarr.

Non. C'est Rom! Rom qui a fait semblant de me palper pour vérifier mes blessures.

21 h 57 — À l'appartement.

— Madame Ursule, j'ai été retardée, je vous le dis! Ce n'est pas ma faute!

Madame Ursule, c'est la voisine du dessus. C'est elle qui garde maman le jour. Elle est infirmière, avec un début de moustache. Je ne l'aime pas. Elle est toujours là à me faire des reproches. Pas fait le ménage, pas fait ton lit, tu es en retard... ça ne finit jamais! Mais je ne peux pas protester, j'ai besoin d'elle. Sans elle, sans son aide, c'est sûr que maman serait transférée à l'hôpital. C'est à cause de madame Ursule si Zan Tila, 13 ans, a le droit d'habiter seule avec une mère invalide.

— La vérité, Zan, c'est que tu es encore allée traîner vers le port.

— Je vous jure que non, madame Ursule.

— En tout cas, tu as des mauvais amis, Zan. Regarde de quoi tu as l'air! Tes lèvres sont tout enflées! Tu t'es battue! Tu finiras mal, je le sais. D'ailleurs, marmonne-t-elle entre ses dents, c'est un quartier où tous les jeunes finissent mal !

— Mais non, madame Ursule. On est bien ici, les gens sont gentils.

Sauf elle, mais je ne lui dis pas.

— Vous êtes toujours bourrue madame Ursule ! Il y a beaucoup d'enfants qui jouent à la marelle dans notre quartier ! Et monsieur Paige, en face, a mis de beaux géraniums à sa fenêtre ! D'ailleurs, vous devriez en mettre, vous aussi !

— Des géraniums ! Et quoi encore !

— Je disais ça comme ça ! Il me semble que vous trouveriez votre balcon plus joli, c'est tout.

— Tu dis n'importe quoi, comme toujours ! Moi, je remonte chez moi. N'oublie pas de faire manger ta mère et de lui redresser ses oreillers !

— Oui, oui !

— Et fais un peu de ménage ! C'est terrible ici ! Terrrrrrrrible !

— Oui, madame Ursule !

Et je la pousse délicatement, mais fermement vers la sortie. Je me retiens pour ne pas claquer la porte. Ouf ! Enfin seule !

Note à moi : J'ai mis sur ma page perso un dessin de ce que je me souviens de l'annonce du Cirque Mango. Code secret : Poussières. J'ai mis Poussières au pluriel parce qu'il y en a vraiment beaucoup.

26 JUIN

Rien pu faire hier soir pour avancer mon enquête. J'ai fait le ménage. Lavé la vaisselle. Nourri maman. Nettoyé la cage d'Élixir, fait mon lavage. Et suis tombée raide morte sur mon lit. Épuisée. Me suis endormie en écoutant un autre vieux disque de maman. Michel Fugain ! La chanson « Fais comme l'oiseau ! » Vieillot, mais pas mal !!! Enfin ! Pas SI mal !

— Rom, j'ai apporté mon ordinateur !
Heureusement que j'ai un portable !

— Ton ordi ? Pour quoi faire ?

— Pour écrire ma musique et mes chansons. C'est plus facile.

— D'accord ! Installe-toi sur ton perchoir.

— Euhhh... C'est que Rom...

— Qu'est-ce qu'il y a ?

— J'aurais besoin d'une connexion Internet... Tu comprends... pour mes recherches.

Il me regarde, fermé. On ne sait jamais ce qu'il pense, lui !

— D'accord ! Tire un fil du bureau. Il y en a un très long.

— Merci. C'est gentil.

Il commence à s'éloigner, revient sur ses pas.

— Comment vas-tu ce matin ? Pas trop mal ?

— Non. Non. Ça va ! Merci.

Il regarde mes lèvres ! Il ne fait pas de commentaires. Puis, il s'éloigne pour de bon.

Je ne perds pas une minute, m'approche, avec un peu de crainte quand même, du fameux bureau de Dex, mais il n'est pas là. Là, c'est vrai ! J'installe le fil. Me voilà branchée. Parfait. Je suis fonctionnelle.

Je vais pouvoir faire mes recherches en paix. Je jette un dernier coup d'œil autour de moi. Tout le monde est à son poste, à l'entraînement. Même Filis qui s'acharne à ses soies. Et qui d'ailleurs n'est pas venu me saluer ce matin. Tant mieux ! Pas envie de lui parler. Traître !

Au SAS — 10 h 47

Je n'ai plus la petite annonce du cirque. Mais j'ai de la mémoire. Et le nom, je m'en souviens très bien. J'ouvre *Troouve*, tape le fruit, la mangue, non, le Cirque Mango !

Rien. Comment ça, rien ?

Me creuse les méninges. J'ai pourtant bien vu, Cirque Mango ! Essaie encore. Toujours rien.

Zut ! J'observe Rom. Pourquoi garderait-il cette annonce dans son portefeuille, sinon parce que c'est un souvenir ? Un souvenir important. J'observe mieux Rom. Ses cheveux noirs, ses hautes pommettes, ses traits creusés et sombres. J'entends sa voix dans mes oreilles. Sa voix... sa voix, avec un léger, extrêmement léger accent que je n'arrive pas à définir. Je retourne les yeux à l'écran. On trouve tout sur l'espace virtuel. Le Web, c'est un grand filet, une toile d'araignée qui couvre le monde entier, qui couvre l'espace et le temps… Tout ce qui est arrivé dans le monde s'est pris les pieds, quelque part, dans cette immense toile d'araignée… Alors ?

Alors, il me vient une idée ! Je tape *Mango Circus* ! 🖱 Ben oui ! Rom vient d'ailleurs, d'un autre pays, c'est évident. Et ailleurs, très souvent, l'anglais règne.

Mango Circus ! Touché !

La page envahit mon écran : *Mango Circus* ! Le joyau des acrobates ! Mettant en vedette les plus grands trapézistes du monde ! Et le plus grand d'entre tous ! *Jorge Valas* ! Quintuple salto arrière, sans filet, à plus de 300 mètres d'altitude ! Et voilà sa photo, en plein vol, un véritable oiseau, bras ouverts, volant au-dessus d'une ville.

Bien beau, tout ça. Mais on ne voit pas son visage, au fameux *Jorge Valas* ! Alors, question de savoir si lui et Rom ne font qu'un, c'est cuit ! J'examine encore la page Web, histoire de découvrir d'autres indices. La page annonce une tournée. Dans des villes que je ne connais pas… des noms aux consonances dures… et parmi elles, *Vladivostok*. 🖱 Je tape ce nom dans *Troouve*. Russie. *Vladivostok* - Russie.

Bon, c'est bien. Mais dire que tout cela m'avance, on ne peut pas le dire !

Deux secondes de réflexion. Je tape «Jorge Valas». ✏️ Ah! Tout de même! *Jorge Valas*, me dit *Troouve*, reconnu comme le plus grand trapéziste au monde. Spécialiste des saltos arrière avec vrilles. Pouvait passer plus de 30 secondes en plein vol. Il a fait du trapèze entre 2 édifices de 30 étages, à Tokyo, et ailleurs. A disparu depuis ... depuis six ans. Nul ne l'a revu depuis son dernier exploit, un numéro de trapèze vertigineux au sommet du pont de Sydney, en Australie. Disparu en pleine gloire!

Nul ne l'a revu depuis six ans... Disparu! Je lève les yeux vers Rom. Il est là, en haut de l'échelle, les deux mains sur le trapèze, prêt à s'envoler. Il a fait retirer le filet de sécurité. Il s'élance. Triple vrille arrière... Il me semble que *Jorge Valas* est là, juste devant moi... dans cette école de cirque anonyme de Montréal! Caché dans l'obscurité d'une ancienne usine de tapis! Mais pourquoi quitter la gloire pour venir s'enterrer ici? Aurait-il fait une mauvaise action qui l'a obligé à fuir? Une mauvaise action, une monstruosité qu'il est venu poursuivre ici!

Mes yeux vagues se promènent. Sofi au fil, Filis aux soies, Simon au mur... Bizarre ... Rien ne semble bien aller ce matin..., ils tombent tous, ils n'arrivent pas à attraper le trapèze..., les jongleurs échappent leurs balles.... Sofi ne rit pas... Même Filis qui ne grimpe pas plus haut que trois mètres. Et moi, même moi... je me sens ... je me sens faible...

Je pense que... Oh!

Au SAS — 13 h 46

L'ambulance vient de partir. Simon est tombé. Il ne bougeait plus et du sang s'écoulait de sa tête. Rom a crié, Dex a appelé les secours, les policiers sont venus.... Simon est parti, dans le hurlement des sirènes. Il n'avait pas ouvert les yeux.

Mais qu'est-ce qu'on a tous aujourd'hui?

Au SAS — 14 h 56

Rom a repris le contrôle. Enfin, il a essayé. Mais je vois bien qu'il est énervé. Il nous a tous retournés à l'entraînement et il nous surveille, les dents serrées. Même moi, il m'a retournée aux soies. Mais rien à faire, je n'arrive à rien. Mes bras sont mous, sans force.

Filis ne dit pas un mot. Il essaie, sans réussir, de travailler. L'ambiance est dans les talons, aussi sombre, aussi lugubre que la vieille usine.

Au SAS — 15 h 28

Un homme est arrivé tout à l'heure. Un inconnu noir, costume noir, cravate, le visage éteint. Il a dit deux mots à Dex, qui est ensuite remonté s'enfermer dans son bureau. Il a fermé les stores de son bureau vitré. L'homme en noir est allé s'installer sur un perchoir au fond de la salle et il reste assis, sans ouvrir la bouche! Une carpe! Une carpe noire!

Rom est venu parler à Filis. Il m'a éloignée. M'a renvoyée à mon ordi. J'ai eu le sentiment précis que Rom ne voulait pas que j'entende. Rom a soufflé à l'oreille de Filis, en jetant des coups d'œil noirs à l'inconnu. Qu'est-ce qu'ils mijotent, en secret, Filis et Rom?

Au SAS — 16 h 57
Sofi est tombée aussi. Ils n'ont pas fait venir l'ambulance. Rien de cassé. Sauf peut-être quelque chose de brisé en elle. Elle ne sourit plus, ne rit plus et ne parle plus.

Au SAS — 18 h 34
Rom ne veut pas nous laisser partir. Suis retournée m'asseoir dans mon coin, avec mon journal. J'ai réemballé mon ordi. Je suis prête, comme tous les autres, à partir depuis 17 h. Mais Rom ne veut pas. Je le sens inquiet. Dex est venu le voir, ils ont eu l'air de discuter, mais à voix si basse que je n'ai rien entendu. Dex jetait des regards nerveux vers l'homme en noir, qui n'a pas bougé de l'après-midi.

J'ai dit à Rom que je devais remplacer madame Ursule, m'occuper de maman. Que j'avais faim. Rien à faire. Il m'a juste dit d'aller boire un peu d'eau!

On reste tous là, assis, sans bouger. Amorphes.

On dirait que ça va de plus en plus mal ici.

À l'appartement — 22 h 48

Maman dort. Madame Ursule est retournée à son ménage. Elle m'a assurée qu'aucun
inconnu n'était venu. Je commence à être para-
noïaque.

Rom nous a finalement laissés partir à 19 h.
Personne ne parlait. Des morts-vivants, nous
sommes ! Sur le pilote automatique.

En sortant du SAS, j'ai eu une inspiration
subite. J'ai suivi Filis... pour savoir où il habitait.
Savoir s'il a un lien spécial avec Rom.

Mais Filis n'a pas pris la direction des rues
du quartier. Il a plutôt attendu que les autres
s'éloignent, puis il est rentré au SAS. Je ne savais
pas quoi faire. J'ai décidé de le suivre à l'intérieur, mais il est ressorti aussitôt. Avec une
pelle.

Il a pris la direction des terrains vagues,
derrière l'usine. Je l'ai suivi à distance, mais
j'étais embarrassée par mon portable. Heureusement, dans le champ, je pouvais le suivre faci-
lement des yeux. Il regardait sans arrêt autour
de lui, comme s'il craignait qu'on le suive. Mais
je connais si bien les lieux ! Il ne m'a pas
repérée.

Il s'est dirigé tout droit vers les gros barils. J'allais m'avancer tout doucement quand on a crié derrière moi.

— Ils sont morts!... Ils sont morts... La fin du monde...

Je me suis tournée. Le Vieux! Le vieil homme un peu fou. Un peu! Façon de parler!

— Chut! Je me suis précipitée vers lui. Surtout que Filis ne l'entende pas, ne le voie pas.

Par malheur, pendant que je m'occupais du Vieux, j'ai perdu Filis de vue.

— Qu'est-ce qu'il y a? Qu'est-ce qui ne va pas, grand-père?

Le Vieux était totalement énervé. Il brandissait une planche qu'il tournait autour de lui comme un glaive. Un glaive médiéval.

— Calmez-vous! Grand-père, calmez-vous!

— Ils sont tous morts... La fin du monde est arrivée! Le ciel s'effondre... Nous allons tous mourir... la punition... C'est la PUNITION...

— La punition de quoi? Quelle punition? Calmez-vous, grand-père!

Je n'osais pas m'approcher de lui. Il était... il était complètement dément... Les yeux fous, sa barbe emmêlée... ses vêtements boueux et encore plus déchirés qu'à l'habitude. Quelque chose le tourmentait. Le Vieux est peut-être fou, il parle tout seul, mais il a toujours été doux comme un agneau. J'ai essayé de m'approcher de lui. Il m'a menacé de son glaive.

— Grand-père! Grand-père! C'est moi, Zan...

Je me suis approchée doucement, en murmurant des mots gentils et apaisants. J'ai essayé de porter mon plus beau sourire. Je suis arrivée près de lui, lui ai mis la main sur l'épaule.

Il s'est effondré. Il s'est effondré dans mes bras en pleurant! Je l'ai bercé. Je ne savais plus quoi faire! C'est troublant de consoler un vieil homme. Normalement, les choses devraient être à l'inverse. Les grands-pères devraient consoler les enfants. J'ai regardé son visage, son état. Lamentable! Barbouillé, des sillons de larmes sales sur ses joues, les bras et les jambes écorchés. Qui avait pu lui faire un sort pareil?

Je l'ai bercé pendant un bon moment. Je lui ai demandé s'il avait mangé quelque chose, s'il avait soif, mais il ne répondait plus. Il tenait sa tête dans ses mains, comme si le plus grand malheur était arrivé.

— Qu'est-ce qu'il y a, grand-père? Que vous est-il arrivé?

Nous sommes bien restés une heure, moi berçant le Vieux, lui pleurant. Il a fini par lever la tête, m'a regardée. Mais je n'étais pas certaine qu'il me reconnaissait.

— Vous allez mourir aussi, qu'il m'a dit.

Ce n'est pas la première fois qu'il me dit des mots semblables. J'ai répété le même discours qu'à l'habitude.

— Non, vous savez bien que non. Qui est mort?

— Tous... ils sont tous morts. Le ciel s'est abattu sur la terre.

— Montrez-moi, grand-père! Montrez-moi ce qui vous a mis dans cet état.

Je l'ai pris doucement par la main. Il a fini par se relever et a commencé à marcher. Jamais il n'avait paru si vieux, si usé. Je l'ai suivi, et à mesure qu'il avançait, je sentais qu'il devenait plus déterminé. Qu'il savait exactement où il allait. J'ai jeté un coup d'œil autour de moi, balayé le terrain vague. Inutile de dire que Filis avait disparu depuis belle lurette. Dommage!

Le vieux me conduisait vers la grande mare d'eau sur le côté de l'usine. Mon fameux lac, que je m'amuse à imaginer comme le plus beau des lacs. À cause de la chaleur, la surface de la mare a rétréci au cours des derniers jours, l'eau est devenue plus tassée, plus opaque.

Quelques mètres avant d'arriver à la flaque, le Vieux s'est arrêté soudainement. Il s'est remis à trembler et à marmonner des mots pâteux... la fin du monde... La punition...

Je l'ai rassis doucement. Me suis avancée. De quelques pas seulement. Et j'ai vu.

Les rives de la flaque étaient jonchées d'oiseaux. Tous morts!

La mort règne au SAS!

27 JUIN

Au SAS — 12 h

Pas pris de risque aujourd'hui. J'ai apporté un lunch. Pas de concombres. Trois pommes, un fromage. Ma connexion Internet ne fonctionnait pas hier soir chez moi. Pas pu savoir si Lostmax m'avait répondu ou encore quelqu'un d'autre à mon appel aux renseignements sur le SAS. J'ai même oublié mon nouveau code secret.

De toute façon, je me suis couchée très tôt, avant même qu'il fasse noir. Bizarre comme je me sens molle et sans énergie. J'ai même contemplé maman avec presque... bizarre... presque de l'indifférence... comme si elle n'existait pas. Ou plutôt, comme si son sort ne m'intéressait plus.

Et puis, pas envie d'écrire ! C'est idiot, tenir un journal !

28 JUIN

Au SAS — 14 h 27 — Quel après-midi long ! ! ! ! !

Aucune énergie. Aucune envie de bouger. Aucune envie de chercher. Aucune inspiration, non plus, pour écrire des mots ou des notes.

Je n'ai jamais ressenti une chose pareille. Madame Ursule m'a enguirlandée hier soir. Même pas répondu.

Tous les jeunes sont amorphes. Rom, d'habitude si vite à nous forcer au travail, ne pousse pas non plus. Juste l'air sombre.

29 JUIN

Au SAS — 16 h 22
L'homme en noir a passé la journée au SAS hier. Il ne parle à personne, reste assis sans bouger. Dex reste enfermé dans son bureau.

Tout ce que j'ai à dire, pour aujourd'hui ! Trop fatiguée pour écrire. Quand même bizarre ! Mais qu'est-ce que j'ai ? Qu'est-ce que nous avons tous ?

30 JUIN

Au SAS — 10 h 35
Me suis forcée pour allumer mon ordi. Regardé mes courriels. Il y en avait beaucoup. Pas pris la peine de les lire. Toujours trop fatiguée ! Sauf un, celui de Lostmax.

LOSTMAX ÉCRIT À ZAN :
J'ai reçu tous tes papiers. J'ai tout lu. ATTENTION DANGER. J'étudie tout et je te reviens. Mais une chose est sûre : fais attention à toi, DANGER !

J'ai fermé mes courriels. Trop compliqué. Trop fatiguée.

Le spectacle n'avance pas. Ma musique non plus. Aucune idée pour écrire la chanson de Sofi.

Vide total.

1ER JUILLET

Rien à écrire.

L'homme noir est toujours au SAS, muet sur son perchoir. Il nous observe.

2 JUILLET

14 h 22 — Après-midi!
Hâte à ce soir d'aller me coucher!

Me suis forcée un peu ce midi. Suis allée voir derrière l'usine, là où Filis avait disparu avec la pelle.

J'ai retrouvé la pelle. À côté des gros barils. J'ai soulevé le couvercle du baril. Rien. Les cadavres de chats avaient disparu.

Suis retournée à la grande mare. Rien. Les cadavres d'oiseaux avaient disparu.

J'ai vu le Vieux. Il était couché dans sa cabane. Il ne m'a pas reconnue.

En partant, je me suis retrouvée nez à nez avec Rom et Dex. Ils m'avaient suivie. Ils me regardaient fixement. Ai regardé mes courriels sur ma page perso. Des tonnes. Plusieurs, de Lostmax. Ai pas lu. Pas envie, pas d'énergie.

Je ferme l'ordinateur. Rom s'approche de moi. Il a l'air fâché, méchant.

Il me prend par le bras, me tire avec lui. Où?

3 JUILLET
4 JUILLET
5 JUILLET
6 JUILLET
7 JUILLET

Me fous de tout. Je n'écris plus rien, même dans mon journal.

Ai même oublié de donner de l'eau à Élixir. Je l'ai trouvé au fond de la cage. Pas mort. J'espère que je le sauverai. Peut-être pas. Je m'en fous.

Vais quand même au SAS. Mais je ne fous rien. Vraiment!

8 JUILLET

Madame Ursule m'a fait un lunch. Dit qu'elle est inquiète de moi. Ne me gronde même plus. Elle dit que c'est l'adolescence. Que je ne vais pas bien. Elle m'a donné un sandwich au thon. Concombre. Mon jus. Parfait. Plus besoin de perdre mon temps à aller à la fontaine. Trop fatigant! Et puis boire cette foutue eau plate!

9 JUILLET

Élixir n'est pas mort par manque d'eau. Mais il n'est pas très fort. S'est remis debout. Mais reste au fond de sa cage.

10 JUILLET

Vais un peu mieux ce matin. Pas beaucoup. Bizarre. Rien écrit dans mon journal depuis une semaine. Première fois que cela m'arrive. D'ailleurs, qu'est-ce qui est arrivé depuis une semaine? Je ne m'en souviens plus vraiment.

11 JUILLET

Au SAS — 9 h 22
Madame Ursule me fait des lunchs chaque jour maintenant. Lui ai demandé d'oublier le thon, de passer à autre chose. Elle est restée dans le thon, mais elle a changé de jus! Suis passée de l'orange au raisin! Zut!

Qu'est-ce qui est arrivé depuis une semaine? Qu'est-ce qui m'*est* arrivé depuis une semaine? Une brume, comme la brume qui envahit le SAS, a envahi mon cerveau, ma vie.

Je me souviens... je me souviens que j'ai, un peu, pris soin de maman. Mais comme dans un rêve. Je suis surtout tombée endormie comme une bûche chaque soir, dans mon lit. Aucun rêve. Juste le noir total.

Pas écrit une seule note. Je n'ai même pas écouté de la musique. Et au SAS, qu'est-ce que j'ai fait? Qu'est-ce qu'on a tous fait?

12 JUILLET

Au SAS — 9 h 45

J'ai le cerveau qui semble effectuer un retour à la normale. J'ai passé la matinée à observer les autres.

Vraiment étrange. Tous les jeunes s'entraînent, mais comme des automates. Les mouvements sont parfaits, les sauts, précis, mais ils ont tous une sorte d'apathie... Quand les jongleurs échappent leurs balles, ils les ramassent froidement. Aucun énervement, aucun signe de frustration. Rien. Le visage fermé. Pas triste. Mais pas joyeux. Même Sofi marche sur son fil comme une poupée mécanique. Quant à Filis, il ne contorsionne même plus...

Mais Rom est le plus étrange! Il est devenu une... une mère poule! Rien de moins. Il court littéralement de l'un à l'autre, aide, soutient, est toujours là quand l'un des trapézistes ou des acrobates semble près de tomber. Mais le plus grand changement, je le vois dans ses yeux. Il a perdu son air sombre, menaçant et a l'air inquiet. Très inquiet. Deux fois, je l'ai vu grimper les marches du bureau vitré, s'adresser à Dex en nous montrant. Je ne suis plus certaine qu'ils s'entendent très bien, ces deux–là!

Mais qu'est-ce qui a bien pu se passer durant la dernière semaine? Comment ai-je pu oublier ce que j'ai fait?

Et, complètement stupide, je n'ai rien écrit dans mon journal! Bon, commençons par le début. Dès que j'ai un moment, je regarde mes tonnes de courriels, code secret Fatigue.

Au SAS — 13 h 35

LOSTMAX ÉCRIT À ZAN:
Mais où es-tu passée? Réponds-moi! Je suis terriblement inquiet! Et donne-moi ton foutu mot de passe!

ZAN ÉCRIT À LOSTMAX:
Désolée. J'ai eu un espace blanc. Une semaine blanche! As-tu trouvé quelque chose?

LOSTMAX ÉCRIT À ZAN:
Retrouve-moi tout de suite à mon adresse secrète! TOUT DE SUITE!

Au SAS – 16 h 56

Ouf! Toute une conversation avec Lostmax! Il m'a dit comment continuer à chercher. Il m'a donné des pistes! Autopsier... qu'il m'a expliqué Lostmax!

Je commence à savoir ce que je dois faire, par où aller. Et tout commence avec les chats morts! Bon! Mais en attendant, ce n'est pas tout! Deux derniers courriels et ensuite je ferme.

LOUCIE ÉCRIT À ZAN:
Zan! Ma Mozart préférée! J'ai mis ta musique, «Solstice», en ligne. Tu sais, cette chanson que tu n'arrivais pas à finir? Eh bien, va voir en cliquant «Solstice-fini» sur ta page perso. ☺

ZAN ÉCRIT À LOUCIE:
Grand merci! Surtout que je ne suis pas très forte, ces jours-ci. Je vais vite jeter un coup d'oeil. ☺

Un dernier courriel!

INCONNUDUSAS ÉCRIT À ZAN:
Tu as demandé des informations sur le SAS. Je connais le SAS. J'y suis allé. J'ai dû m'enfuir. Si tu restes là-bas, fais attention! Ne pose aucune question. Fais ce qu'on te dit. NE TE FAIS PAS REMARQUER. ET SURTOUT, NE FAIS CONFIANCE À PERSONNE. PERSONNE.

ZAN ÉCRIT À INCONNUDUSAS:
Qui es-tu? Que se passe-t-il au SAS? Pourquoi t'es-tu enfui?

Pas de réponse.

Zan écrit à Inconnudusas :
Réponds! J'ai besoin de savoir. Ils sont
venus chez moi. Est-ce qu'ils sont allés
chez toi aussi? De quoi as-tu peur?
Réponds-moi, je t'en supplie.

J'attends! J'attends! Plus de réponse de l'Inconnudusas! Il s'est inscrit absent!

Bon. Passons à un autre appel. Je relis vite fait
mon journal. Pas les pages vides. Les pages qui
viennent juste avant le grand vide. Bien me
rappeler ce qui s'est passé le dernier jour. Heureusement que je prends tout en note. Vieille rusée
va! Et ce qui vient avant le grand vide, c'est ce qu'a
fait Filis en cachette. Avec sa pelle.

Je souris dans ma tête, lève le regard vers Filis.

Toi, mon bonhomme! Attends que je te fasse
parler! On ne me trahit pas sans payer!

Au SAS — 16 h 30

— Filis!

Il se retourne, ne voit personne. C'est sûr! J'ai
préparé mon coup. Pas question qu'il s'enfuit,
qu'il me fasse une de ses contorsions de disparition. Fini la magie et les escamotages. J'ai attendu
qu'il aille à la fontaine, près de l'entrée du couloir.
Je les ai bien repérés maintenant ces couloirs-là!
Je les connais comme ma poche!

Je l'attrape par le bras. Je ne suis pas forte, mais j'ai tout dans les nerfs. Et quand je tiens quelque chose, je ne lâche plus la chose en question ! Ou le quelqu'un ! J'entraîne Filis avec moi, on tourne dans un couloir, puis un deuxième. Le temps qu'il regarde derrière et réagisse, il est déjà perdu ! J'ouvre une porte qui grince comme les portes de l'enfer, le pousse à l'intérieur d'une petite salle encombrée de vieilles machines et je referme la porte. Clac !

— Zan ! Qu'est-ce qu'il y a ? Qu'est-ce que tu fais ? Qu'est-ce que tu me veux ?

— Filis ! Tu poses trop de questions ! C'est moi qui pose les questions aujourd'hui ! Et tu ferais mieux de répondre correctement.

Il sourit. Oh ! Très vaguement. Pas le magnifique sourire fondant d'autrefois.

— Quoi ? Tu vas me torturer ?

— Non.

Il lève vers moi ses beaux grands yeux, ses yeux profonds, d'une très grande tristesse. Je viens bien près de fondre. Mais je ne dois pas faiblir. Je commence à avoir idée que c'est notre santé à tous qui est en jeu maintenant. Parce que, pas vrai, si les animaux meurent, nous aussi on peut être malades ! Et puis, on l'est déjà, malades ! On ne peut pas oublier tout un morceau de semaine sans être malade !

Et Filis, il n'est pas net ! Il a des choses à cacher !

— Filis, tu te souviens, il y a une semaine. Je t'ai montré un sac. Un sac plein de cadavres de chats.

— Oui.

— Filis, le lendemain, tu es retourné là-bas.

— Non.

— Filis, ne mens pas!

— Je ne mens pas. Je ne me souviens pas de ce que tu racontes.

— Je t'ai suivi Filis. Tu es allé là-bas avec une pelle. Tu as sûrement enterré les chats quelque part dans les terrains vagues. Tu te souviens maintenant?

Je le vois qui plisse les yeux, qui fait un effort.

— Non, Zan. Je te jure. Je ne me souviens pas.

— Est-ce que tu te souviens qui t'a demandé de faire disparaître les cadavres? De les enterrer? C'est Rom, n'est-ce pas?

— Je ne sais pas. Rom est très gentil... très humain. Si j'ai vraiment fait ça, si j'ai enterré les pauvres animaux, si Rom m'a demandé de le faire, c'est sûrement pour qu'ils ne restent pas dans cette sale cuve, à pourrir au soleil. Rom a dû vouloir que je leur fasse une tombe digne. Je ne vois pas d'autres explications, Zan. Mais je ne me souviens de rien!

Je contemple Filis. Manifestement, il fait un effort. Et tout à coup, mon cœur se serre. Comment un tel garçon, beau, fort, musclé, capable de te recevoir dans ses bras après une chute de trois mètres, peut être aussi démuni, le cerveau aussi vide, ses souvenirs envolés ?

Comme les miens. Seulement lui, pauvre Filis, ne tient pas de journal pour pouvoir se souvenir. Moi oui.

— Filis, est-ce que tu te souviens d'avoir aussi vu des oiseaux là-bas ? Des oiseaux morts ?

— Des oiseaux morts ? Je n'ai jamais vu d'oiseaux morts. Je te le jure.

Je réfléchis. Je ne tirerai rien de lui. Il n'est plus lui-même, ne se souvient plus. Mais n'empêche. Cela ne règle pas mon problème.

— Filis, écoute-moi.

Je me penche vers lui, doucement. Quelle perte, quel dommage de le voir comme ça. Ma rage revient. Ce qui se passe ici, je le trouverai. Je ne laisserai personne prendre des jeunes fabuleux et les transformer en abrutis. Moi y comprise. Parce que c'est ce que j'étais devenue depuis une semaine, une abrutie !

— Filis, je vais te ramener là-bas tout à l'heure. À la fin du SAS, tu viendras avec moi. D'accord ?

— Me ramener où ?

NE FAIS CONFIANCE À PERSONNE, a écrit l'Inconnudusas. Je veux bien, mais il faut tout de même que je sache ! Et puis Filis est si !... Et pour le savoir, il faut que je chatouille les souvenirs de Filis. Si je veux avancer mon enquête !

— Tu verras. Allez ! Viens maintenant ! Retournons dans la salle, avec les autres.

Quand on a remis les pieds dans la salle d'entraînement, Rom nous attendait. Je l'ai défié du regard. Je lui ai montré que je n'avais pas peur.

NE TE FAIS PAS REMARQUER, a aussi écrit l'Inconnudusas.

Idiote ! Il a raison. Mieux vaut rester profil bas. J'ai eu un moment de flottement, j'ai pris la main de Filis. Comme à un ami.

Je me suis retournée vers Rom. Il avait les yeux fixés sur nous. Pas sur nous. Sur Filis. Sur Filis seulement. Est-ce qu'il commence à croire que Filis le trahit ?

Derrière le SAS — 18 h 04

— Tu reconnais quelque chose, Filis ? Tu reconnais l'endroit ?

— Bien sûr, Zan. Je ne suis pas fou ni débile.

— Est-ce que tu vois où tu as enterré les chats ?

Il regarde encore autour de lui pour la millième fois !

— Aucune idée. Si ce que tu dis est vrai et que j'ai vraiment fait ça ! Parce que moi...

— Tu l'as fait, je t'assure. Je te le répète, je t'ai suivi. Bon, continuons à chercher.

Et on a fait le tour mille fois. Rien trouvé. Aucune trace de terre retournée. C'est vrai qu'il y a eu un déluge cet après-midi. J'ai amené Filis près de la grande mare, qui avait gonflé avec les nouvelles eaux.

— Tu te souviens? C'est ici qu'il y avait des oiseaux morts. Partout. Il y en avait des dizaines et des dizaines. Probablement plus d'une centaine.

Triste! Filis a eu l'air tout noir. Je crois qu'il se rend très bien compte qu'il a un trou dans ses souvenirs, dans sa vie. Un trou qu'il n'arrive pas à réparer. Moi si. Je ne sais pas pourquoi. Je ne sais pas comment. Mais j'ai réparé le trou! Moi, je ne sais pas pourquoi, mon cerveau s'est remis au boulot!

— Zan, dis-moi, pourquoi veux-tu tant retrouvé ces animaux morts?

— Pour les faire autopsier Filis. Pour les faire *autopsier*!

C'est que m'a expliqué Lostmax dans son courriel, cet après-midi.

— *Autopsier*? Qu'est-ce que tu veux dire par là?

Il m'a regardé avec un tel air incrédule que j'aurais ri si je ne sentais pas, de plus en plus, qu'il y a de la tragédie dans l'air!

Dans l'appartement — 22 h 27

Méchant orage! Pourvu qu'Internet ne lâche pas! J'ai dû fermer toutes les fenêtres. L'appartement est étouffant.

Bon. Ce n'est pas tout ça. Depuis que je suis arrivée, je veux m'y mettre. Mais madame Ursule avait un problème de baignoire bouchée. Et maman... maman ne va pas bien. Je n'arrive pas à savoir si c'est sa santé qui se détériore ou son cerveau. Elle est nerveuse, terrible. Elle bat des mains, bouge les jambes. Je ne sais plus trop quoi faire. Sauf une chose que je sais que je ne ferai pas ! Pas question d'appeler le médecin. Ils vont me l'enlever. Mais j'aimerais bien savoir ce qui la perturbe. Si elle ne s'améliore pas, je devrai rester auprès d'elle. Sinon, madame Ursule s'apercevra de quelque chose et, elle, je ne pourrai pas la retenir. Elle appellera sûrement le médecin. Et alors ! Ce sera la catastrophe.

Mais bref, je peux enfin m'y mettre. Cette fois, j'ai bien compris. Je ne cours pas de chance. Je recolle dans mon journal mes courriels importants. Ceux de Lostmax avec qui j'étais en grande conversation cet après-midi, sur mon blogue. C'est à cause de ce que Lostmax m'écrit dans ses courriels que je voulais retrouver les chats morts avec Filis ! Dommage qu'il a la mémoire trouée comme mes souliers !

LOSTMAX ÉCRIT À ZAN :
Zan, pour l'amour du ciel, fais attention! Tu n'es pas folle. J'ai tout lu ce que tu m'as envoyé.

ZAN ÉCRIT À LOSTMAX :
Et tu as trouvé quoi?

LOSTMAX ÉCRIT À ZAN :
D'abord les chats, les animaux morts. À mon avis, il n'y a qu'une seule explication! Un poison. Une substance quelconque.

ZAN ÉCRIT À LOSTMAX :
Laquelle?

LOSTMAX ÉCRIT À ZAN :
Aucune idée. Pour le savoir, on a besoin d'un cadavre. Pour l'analyser.

ZAN ÉCRIT À LOSTMAX :
L'analyser?

LOSTMAX ÉCRIT À ZAN :
L'autopsier. Par un vétérinaire légiste. Oui, comme à la télévision, dans les émissions policières. Tu sais, lorsqu'ils ouvrent les victimes de meurtre, regardent à l'intérieur, analysent le sang et tout… Tout ça pour savoir comment ils sont morts! Le vétérinaire légiste vérifiera les blessures, analysera les tissus et le sang pour découvrir quel poison a bien pu tous les tuer.

ZAN ÉCRIT À LOSTMAX :
Je n'ai pas ça sous la main, moi un vétérinaire légiste! Je connais seulement les médecins qui s'occupent de maman.

LOSTMAX ÉCRIT À ZAN :
Ne t'occupe pas. Trouve seulement un cadavre d'animal, mets-le au congéla-teur, et je vais essayer de trouver une solution au problème.

ZAN ÉCRIT À LOSTMAX :
Dans MON congélateur? Tu es fou! C'est affreux!

LOSTMAX ÉCRIT À ZAN :
Affreux ou pas, c'est la seule façon de conserver les corps. Ou ce qu'il en reste! Parce qu'il a fait assez chaud ces derniers temps! Mais tu as raison, c'est affreux!

Juste comme je finis de coller les courriels dans mon journal, j'entends bouger! C'est sûre-ment maman! Je cours jeter un coup d'œil. Rien. Elle dort toujours. Elle doit avoir chaud! Parce que les plages des pays chauds, elles sont dans l'appartement ce soir! Étouffant. Sauf qu'il n'y a pas de soleil, pas de plage et pas de mer! Juste le vieil appartement. Bon. Je ne vois rien qui bouge, rien de suspect! Je retourne à l'ordinateur, j'allume. Super! Lostmax est en ligne!

LOSTMAX ÉCRIT À ZAN :
J'ai cherché des informations sur Dex et Rom. Je n'ai rien trouvé. Dex

m'intrigue. Comment a-t-il soudainement pu faire surface en deux ans seulement? Et si riche?

ZAN ÉCRIT À LOSTMAX:
Je pourrais peut-être le suivre? Trouver où il va, où il habite?

LOSTMAX ÉCRIT À ZAN:
NE FAIS PAS ÇA! TROP DANGEREUX! Reste tranquille. Ça vaut mieux pour ta santé. N'oublie pas, il y a du poison quelque part.

ZAN ÉCRIT À LOSTMAX:
Est-ce que ce poison pourrait être dangereux pour nous? Pour les humains? Pour ceux du SAS?

LOSTMAX ÉCRIT À ZAN:
C'est très possible. Ce poison tue les petits animaux. Qui sait ce qu'il fait aux humains? Fais attention. Ne touche à rien là-bas. Et puis, pense à ce qui t'est arrivée! Une semaine effacée de ta mémoire!

ZAN ÉCRIT À LOSTMAX:
Oui. Ça m'inquiète. Si tu avais vu Filis ce soir. Complètement déboussolé. Aucun souvenir. Dommage que je ne l'ai pas filmé.

LOSTMAX ÉCRIT À ZAN :
Oh! Ça, c'est une idée. Il te faut une
caméra.

ZAN ÉCRIT À LOSTMAX :
Ouais! Je n'ai même pas d'argent pour
m'acheter des souliers neufs. Alors une
caméra!

LOSTMAX ÉCRIT À ZAN :
Mmmmouais! Je vais voir ce que je peux
faire. En attendant, enferme-toi bien
chez toi. Verrouille tout. Ne laisse
personne s'approcher. ET NE FAIS RIEN
DE RISQUÉ. Tu me fais peur. Tu prends
des risques. Mais tu n'es pas policière.
Et ce n'est pas un jeu.
À plus tard.

ZAN ÉCRIT À LOSTMAX :
☺☺☺☺☺☺☺☺☺ Parce qu'il faut bien
rire. Même jaune.

LOSTMAX ÉCRIT À ZAN :
ZAN! LE POISON! JE SAIS! À MON AVIS
C'EST...

Zut! Internet vient de sauter! Juste comme
Lostmax allait me dire quelque chose d'important! L'orage, c'est sûr. Le tonnerre n'arrête pas.
Aïe! Et les éclairs sont aveuglants. Le ciel est
terrible. Je vois comme en plein jour à travers la
fenêtre. Des torrents d'eau dévalent la rue

comme une rivière en furie. Quelle heure est-il ? 23 heures 23 ! Presque minuit ! Mais je ne pourrai jamais dormir ! Et plus d'Internet ! Ça va être long !

Tiens ! Il y a un homme grimpé dans le poteau, en face. Idiot, comme s'il ne voulait pas mouiller ses chaussures dans l'eau de la rue !

Idiot ? Je m'approche de la fenêtre, je regarde mieux.

Ce n'est pas un idiot. Et il ne voulait pas sauver ses chaussures. À mon avis, il travaille sur la boîte d'électricité. Ou d'Internet.

Est-ce que je ne viens pas de me faire couper Internet par ce monsieur ? Juste au moment où Lostmax me parlait du poison ?

Et pourquoi est-ce que cet homme-là regarde ici maintenant ?

Et où est son camion de la compagnie de câble ?

Bang ! Plus de courant ! L'électricité vient de sauter !

Je suis dans le noir !

L'homme, dans la rue, est descendu de son poteau !

Il regarde une dernière fois vers chez moi et part vers le fond de la rue.

Ben oui ! Pourquoi pas ?

Je vais le suivre !

Trop dangereux ?

Tant pis !

N'empêche! Si seulement j'avais un télé-phone portable! Je pourrais me mettre en ligne avec quelqu'un au cas où...

Mais je n'en ai pas! Alors allez!

Je le suis quand même!

Dans la rue — 00 h 02
Où est-il passé?

Je suis là, toute seule en pleine nuit, visible comme le nez au milieu du visage, avec des tonnes d'eau qui me tombent sur la tête!

Et personne! L'homme a disparu.

Impossible. Je n'ai pas vu d'autos, pas de camions.

Il doit bien être quelque part! On ne s'esca-mote pas comme ça!

Je cours au bout de la rue. C'est chez moi ici, mon territoire. Je le connais par cœur. Je devrais bien pouvoir le retrouver! Mais il fait si noir! Tout le quartier est tombé dans la nuit, sans électricité. Et toute cette eau qui se déverse du ciel! J'ai les trous de mes souliers détrempés.

Bon. J'ai mis à peine quelques secondes à descendre de l'appartement. L'homme n'a pas pu aller bien loin!

Je me dirige vers le port. Je prends à droite, dépasse le dépanneur. Il ne faudrait pas que j'aie un problème parce qu'il n'y a positivement personne dehors. Pas un chat. Pas un humain. Et surtout pas un policier.

Voilà la clôture de l'entrée des quais. Un gros cadenas empêche l'accès. Les quais sont déserts. Les gros bateaux qui mouillent au port sont sombres eux aussi. Je me tourne de tous les côtés. À gauche, des centaines de conteneurs empilés, d'énormes caissons de métal, beaucoup de marchandises qui viennent de partout au monde. Peut-être est-il caché là-dedans, au milieu des contenants de métal ? Allons voir.

Je longe la clôture. Le problème, c'est que je ne peux me cacher nulle part. Si quelqu'un me surveille, il ne peut pas me manquer. J'arrive enfin aux conteneurs, me faufile entre eux, en essayant de me faire le plus invisible possible. J'essuie mon visage de toute la pluie, mes vêtements me collent à la peau. Et le bruit des gouttes qui frappent le métal est si fort que je ne peux rien entendre. Je tourne doucement le coin d'un conteneur, le dos collé à la paroi et...

Il était là ! J'aurais pu le toucher ! Il aurait pu m'attraper ! Mon cœur s'arrête ! J'ai eu le temps de voir son visage avant qu'il détale comme un lapin.

Un réflexe ! Je cours à sa poursuite. Je veux savoir où il va. Je cours, je cours comme une folle, je contourne les conteneurs... et... je....

Des bras puissants m'attrapent, essaient de me tirer du côté de l'eau. Je me débats comme un diable, donne des coups de pied. Inutile de crier, il n'y a personne. Je sens les bras qui me poussent vers l'eau. Est-ce qu'il veut me jeter dans l'eau noire du fleuve ? Entre les gros bateaux ? Je vais me faire écraser ! Il faut que je me sorte de ses bras ! Je lui donne un coup de pied. L'homme plie. Je lui en donne un autre. Cette fois, il me lâche avec un cri.

Ne prends pas la peine de savoir ce qu'il fait. Je cours à l'aveugle en cherchant une cachette. Il faut que je trouve une cachette ! Mon cerveau roule à pleine vitesse. Calme-toi, Zan. Tu connais le port. Il y a des milliers de trous sombres où se cacher. La tour ! La tour désaffectée ! Une ancienne tour étroite, à moitié en ruine, qui servait à je ne sais quoi.

Je vire, m'aligne vers la tour que je vois vaguement dans le noir. Ça y est ! J'y suis ! Je pousse la vieille porte, grimpe les escaliers en faisant attention de ne pas mettre les pieds dans les marches manquantes.

Enfin ! J'arrive en haut, à bout de souffle. Le plafond est défoncé, et il pleut autant à l'intérieur que dehors. Je m'approche d'un trou dans le mur, jette un coup d'œil en bas.

Il est là, au milieu du quai. Visiblement, il me cherche. Il me semble que je l'entends réfléchir. Il regarde autour de lui. Pourvu qu'il ne remarque pas la tour. Parce qu'il n'y a qu'un escalier, qu'une seule issue à cette tour ! Zut ! Il vient par ici !

Zut ! Pourquoi ici ? Pas à une seconde à perdre. Je me remets à dévaler l'escalier. Il FAUT que j'arrive à sortir avant qu'il arrive ici! Je m'accroche les pieds dans une marche manquante, je tombe. Aïe! Ça fait mal. Pourvu que je ne me sois pas cassé le pied. Parce qu'alors! Je bouge les orteils, essaie de me remettre debout. Je perds de précieuses secondes. Il me semble que je l'entends déjà au bas de l'escalier. Vite! Mal ou pas mal, mets-toi debout, Zan! Ça y est. Pas de cassure, mais la cheville me fait mal. Mais j'ai tellement peur que je ne sens même plus la douleur. J'arrive aux dernières marches. Est-ce qu'il est là? Non. Pas encore. Qu'est-ce qui l'a retardé? Bon. Pas le temps de se poser des questions. Je pousse la porte, sort dans la pluie. Il est là, juste devant moi. Il m'attendait!

Je n'ai jamais couru aussi vite! Chaque fois que je me retourne, il est là derrière moi. Il me poursuit. Heureusement, et malgré ma cheville, je cours plus vite que lui. Enfin la rue! Je tourne le coin. Un deuxième coin. J'ai réussi à prendre un peu distance sur lui. Les rues sont toujours aussi désertes. On dirait un quartier fantôme. Sauf... sauf pour une longue auto noire, garée à deux minutes de chez moi! Je la reconnais. Je l'ai vue garée au SAS, cette auto-là!

Je m'arrête, tourne la tête. Il ne m'a pas encore rejointe. J'ai peut-être quelques secondes! Oui! Ça vaut la peine d'essayer. J'essaie toutes les portières. La portière arrière est débarrée. Je l'ouvre. Il fait si noir que je ne vois rien. Je passe vite mes mains sur la banquette, à terre. Ça y est. Une valise-documents. Je regarde dehors. Encore personne.

Non. Pas vrai! Il est là, qui vient de déboucher au bout de la rue. Il court à pleines jambes. Plus le temps! Mes doigts se referment sur un papier. Je tire. Je sens le papier se déchirer. Je ne prends pas le temps de refermer la portière. Je détale.

Je grimpe enfin les escaliers de chez moi, ouvre la porte de l'appartement, referme et pousse le gros fauteuil devant.

Ouf! J'ai les mains tremblantes. Je suis détrempée et je frissonne. Je regarde le papier que j'ai dans les mains. Il est détrempé aussi, en train de se déchirer. Un fragment de papier. Je me lève. Aïe!!!!!!!! J'avais oublié ma cheville! Aïe, ça fait mal! Elle est en train d'enfler. Et toujours pas d'électricité! Je trouve une bougie, allume la petite flamme vacillante. Et regarde ce que je tiens dans les mains. Le papier se déchire en lambeaux. J'aurais tout fait ça pour rien!

Note à moi : J'ai quand même écrit à Lostmax, code secret Stupide. ⟿🖱 Je SUIS stupide!

13 JUILLET

Au SAS — 9 h

Zan écrit à Lostmax :
```
Lostmax
Dans quelques minutes, je t'envoie une
autre copie numérisée de la moitié de
```

papier que j'ai trouvé dans une auto. Au cas où tu n'aurais pas bien vu hier soir. Je crois que le fichier était corrompu. Et puis, as-tu vu mon autre découverte d'hier soir? La personne que j'ai vue et qui m'a poursuivie?

Je vais laisser Lostmax chercher. Sur le papier, il y avait un nom et une moitié de logo. Je n'ai pas le temps de chercher sur *Troouve* ce matin. Mais il faudrait que je trouve le temps pourtant. C'est trop important. Mais d'abord, numériser ce que j'ai trouvé. Et pour ça, je dois aller dans le bureau de Dex. Le seul endroit où il y a un numériseur.

— Zan, qu'est-ce que tu as à la cheville?

— Rien Rom. Je suis tombée dans l'escalier chez moi. Stupide que je suis! C'est juste une foulure.

L'escalier, c'est vrai! Mais je ne lui dis pas quel escalier!

— Ta cheville est enflée. Laisse-moi la regarder.

— Non, Rom, ce n'est pas la peine.

Mais il s'est déjà baissé, retire mon soulier. Là, j'ai honte! Il va sûrement voir mes trous de souliers! Ouf! Non. Il ne les remarque pas!

— Hummm. Je t'apporte de la glace, Zan. Heureusement pour toi que Filis n'est pas là ce matin.

Ce n'est pas vrai ça. Filis n'est pas rentré au SAS ce matin. Bizarre !

— Tu es vraiment tombée dans l'escalier, Zan ?

Pourquoi est-ce qu'il me demande ça ?

— Bien sûr ! Qu'est-ce que tu veux qu'il me soit arrivé ?

Et, malgré moi, je jette un coup d'œil à l'homme en noir, immobile sur son perchoir. Est-ce qu'il aurait parlé ?

Rom a l'air soucieux. Il fixe ses grands yeux sombres sur moi.

— Écoute, Zan. Tu es très… courageuse. Mais le courage consiste aussi à être prudente. Et toi, tu n'es pas prudente. Tu aimes le risque.

Je reste muette. Qu'est-ce que je peux répondre à ça ? Est-ce que Rom me passe un message ?

— Est-ce que tu me comprends, Zan ?

— Ouuui… Oui Rom. Je suis prudente. Je ne comprends pas pourquoi tu as des craintes… Je suis habituée, tu sais, de me débrouiller ! Je suis une grande débrouillarde ! Pourquoi me dis-tu ça ?

— Une idée comme ça. En attendant, je t'apporte de la glace. Ne bouge pas de ta chaise. Tu m'as bien compris ?

— Parfaitement Rom. Je te comprends parfaitement.

Il a l'air d'hésiter un peu, puis ajoute :

— Prépare ta musique et tes chansons. Nous en avons grand besoin. C'est la seule chose qui doit te préoccuper. Est-ce que ça avance?

— Bien sûr. Très bien.

La vérité, c'est que cela n'avance pas du tout. D'abord, parce que j'ai perdu une semaine dans les vapeurs. Ensuite, parce que j'ai été trop occupée. Mais il faut que je m'y mette. J'ai un plan dans ma tête. Je vais demander l'aide de mes amis sur le Web pour terminer le tout. Je ferai ça cet après-midi. En attendant...

Au SAS — 12 h

Tout le monde est sorti manger dehors parce qu'il fait trop chaud dans l'usine. J'ai prétexté avoir trop mal à la cheville pour marcher. J'ai attendu que l'endroit soit vide. J'ai quelques minutes devant moi. Je grignote, vite fait, le lunch que madame Ursule m'a préparé, prend une grosse gorgée de jus. Au pomme! Décidément, madame Ursule a de l'originalité pour les jus!

J'avise le bureau vitré. Il est vide, je crois. Je n'ai pas vu Dex ce matin. Je suis sûre que le bureau est vide. Occasion parfaite pour aller numériser le fragment de papier que j'ai trouvé hier soir.

Je m'approche doucement de l'escalier. La glace de Rom m'a fait du bien. Ma cheville est moins grosse même si elle est en train de tourner au bleu fromage! Je grimpe, m'arrête sur le seuil. Personne. Parfait. Le numériseur est sur le bureau. Ouf! Il fonctionne déjà. L'ordi aussi. Bizarre. Avec tous les secrets du SAS, Dex n'a pas jugé bon de mettre un mot de passe pour pénétrer dans son disque dur. Je goupille la souris, place mon papier sur la vitre du numériseur. J'envoie le tout à Lostmax. Ça y est. C'est fait. Lostmax va pouvoir me trouver des réponses.

Et pendant que j'y suis... pourquoi pas? Je jette un coup d'œil en bas. Toujours personne dans le SAS. Je commence à fouiller dans les dossiers informatiques de Dex. La comptabilité du SAS. Rien d'intéressant. Des lettres. Rien d'intéressant non plus. Tiens, une chemise nommée PERSONNEL. J'ouvre. Tiens! Un dossier nommé «Compagnie pharmaceutique ».

J'ouvre... Et je ferme aussitôt. Voilà toute la bande qui revient dans le SAS! Zut! J'ai manqué de temps! Le dîner est terminé. Et Rom qui lorgne vers le bureau. Il doit se demander où je suis encore passée.

Je ramasse en vitesse mon bout de papier sur la vitre du numériseur. Et en me pliant en deux, je dégringole rapidement les marches pendant que Rom regarde ailleurs.

Je me rassois sur mon perchoir. Prends l'air de celle qui n'a rien à se reprocher. J'ouvre ma page perso.

Est-ce que tu as bien reçu mon image numérisée? C'est un LOGO DÉCHIRÉ avec écrit: «… acio…».

Regarde sur *Troouve*. Vois si tu arrives à dénicher un renseignement. Eh! Lostmax! Ce n'est pas tout! Le plus important! Celui qui m'a poursuivie hier soir, l'inconnu qui a débranché mon câble? Eh bien, c'est l'homme mystérieux qui s'assoit au SAS toute la journée à nous observer sans dire un mot! Oui! Je l'ai parfaitement reconnu! C'est dans son auto que j'ai trouvé le papier! Et il est là, le bonhomme, aujourd'hui même, à nous observer.

Je suis sûre qu'il a parlé à Rom de ce qui s'est passé hier soir. Mais moi, je fais comme si de rien n'était. Je fais semblant que je ne l'ai pas reconnu. Je crois que ça vaut mieux.

En tout cas, une chose est certaine. Il sait parfaitement où j'habite. Et ça, on ne peut pas dire que c'est très rassurant! Peut-être même que c'est lui qui a déposé l'oiseau mort dans la cage d'Élixir! Qu'en penses-tu?

À plus tard.

Juste comme je vais fermer ma page perso, un message rentre.

INCONNUDUSAS ÉCRIT À ZAN :
Est-ce que tu es toujours là ? Est-ce qu'il
t'est arrivé quelque chose ? Si oui, j'espère que tu as pu fuir. Sinon, fais-le
maintenant. C'est la seule manière de
t'en tirer.

ZAN ÉCRIT À INCONNUDUSAS :
Qu'est-ce qui t'est arrivé au SAS ? Pourquoi as-tu fui ?

INCONNUDUSAS ÉCRIT À ZAN :
On devient malade là-bas. Notre cerveau
meurt. On oublie tout, on n'a plus de
sentiments. Il y a quelque chose de
mauvais.

ZAN ÉCRIT À INCONNUDUSAS :
Est-ce que tu as trouvé ce qui se passe ?
Avant de fuir ?

INCONNUDUSAS ÉCRIT À ZAN :
Non. Pas eu le temps. On me poursuivait.
Fais attention à Dex. Il n'est pas net.

Tout à coup, j'ai une idée !

ZAN ÉCRIT À INCONNUDUSAS :
Est-ce que ton nom est Louis Champa ?

Louis Champa, je viens de me souvenir, c'est
celui dont j'ai trouvé la lettre des Services
sociaux, le premier soir dans le bureau de Dex.
Celui dont Filis ne veut pas me parler. J'attends
la réponse de l'inconnu du SAS.

Allez réponds ! Je n'ai pas toute la journée !

ZAN ÉCRIT À INCONNUDUSAS :
Réponds ! Est-ce que tu es Louis Champa ?
Et si oui, où es-tu ? Je veux te rencon-
trer. Te parler.

Pas de réponse. J'attends, j'attends. Bon. J'ai dû lui faire peur. Je verrai ça plus tard. En attendant… en attendant, quelque chose me dérange. Si Louis Champa a disparu, a fui, est-ce que Filis a dû s'enfuir aussi ? Parce qu'il n'est toujours pas au SAS, l'animal !

Tout à coup, je suis toute déboussolée. Je ne sais plus quoi faire ! J'ai plusieurs informations… les animaux morts, Louis Champa, le papier déchiré, l'oiseau mort dans la cage d'Élixir, Rom qui serait peut-être un as de l'acrobatie… Mais je ne sais vraiment pas ce que je devrais faire avec toutes ces informations…

La vérité, c'est que je ne sais plus où donner de la tête. Je ne sais plus où chercher. Je commence même à me demander, encore une fois, si je n'ai pas tout inventé. Peut-être que je suis vraiment folle ? En tout cas, depuis quelques jours, je n'arrête pas de m'agiter ! Je suis comme une poule qui aurait perdu sa tête et qui continue de courir partout sans voir où elle va.

Je suis restée au moins deux heures dans la lune totale ! À trop penser, on finit par ne plus penser du tout ! Je n'ai pas avancé d'un poil sur le mystère du SAS... et je n'ai pas avancé d'un poil dans l'écriture de ma musique et de mes chansons ! Ça va mal ! Le spectacle est dans deux semaines et Rom va sûrement me demander bientôt de lui faire entendre ce que j'ai écrit !

Ma conclusion ? Eh bien ! Ma conclusion, pour l'instant, c'est que j'ai tout imaginé ! Rien de tout ce qui m'est arrivé n'est vraiment mystérieux. Même hier soir ! Ce monsieur, là-bas, il ne m'a sûrement poursuivie que parce qu'il a eu peur, voilà tout ! Et Dex et Rom ne sont soucieux et mystérieux que parce qu'ils essaient de mettre sur pied un spectacle avec des jeunes tout croches ! Tout croches comme moi, qui ne me mets pas au travail. Et si Filis n'est pas là aujourd'hui, c'est simplement parce qu'il est malade. Être malade, ça arrive à tout le monde, pas vrai ?

Allez ! Assez cogité ! (C'est un nouveau mot que j'ai appris à la télé en regardant un film français — ça signifie trop penser). Je me mets au travail. Sérieux, cette fois-ci !

Et d'abord, allez voir tous mes amis, acrobates, jongleurs, clowns, trapézistes et funambules, pour lesquels je suis censée écrire une musique sublime !

Je m'approche d'Alexis le clown. Je me souviens de lui, le premier jour. Juste à le regarder, j'avais envie de rire. Eh bien ! le Alexis, il est complètement transformé ! Il porte un maquillage tout blanc, avec des yeux tout noirs et une bouche rouge pétante. Qu'est-ce qu'il a l'air triste ! Un clown triste ! Pour un peu, je lui dessinerais des larmes. Comme ça !

— Alexis !

— Bonjour Zan...

— Comment va ton numéro ?

— Ça va...

Sa voix est plus que triste... elle est morte. Il pousse un gros ballon rouge et porte une valise...

— Qu'est-ce qu'il y a dans ta valise ?

— Des trucs... des trucs pour faire de la magie. Pour faire rire les enfants.

Je le regarde. Il ne fera jamais rire les enfants ! Il a l'air d'une pauvre âme en peine.

— Alexis, pourquoi es-tu ici ? Au SAS ?

— On m'a forcé. Mes parents sont morts. Accident d'auto. J'ai habité avec ma grand-mère. Mais elle m'habillait comme dans son temps à elle. Dans les années 1950 ! Tout le monde se moquait de moi à l'école. C'était infernal. Alors, on m'a mis ici.

Là, ça y est ! Il y a de véritables larmes qui coulent sur ses joues et qui font des sillons sur son maquillage.

— Ne t'en fais pas, Alexis. Je suis comme toi. Moi aussi, les autres, dehors, n'arrêtent pas de se moquer de moi et de me pousser. Mais ici, tout va mieux. À propos, tu sais où est Filis aujourd'hui ?

— Aucune idée. Il faut que je me remette à travailler. Excuse-moi, Zan.

Et il se remet à pousser son gros ballon, avec la mine d'un chien à qui on vient de donner un coup de pied.

— Alexis ! Une dernière chose. Est-ce que tu t'amuses au SAS ? Est-ce que tu es heureux ?

C'est un gros mot, « heureux », je sais. Mais, au bout du compte, c'est le seul mot qui compte ! Après tout, si on nous a envoyés ici, c'est pour être heureux. Pour ne plus se faire ennuyer par des idiots comme ceux de la bande à Lazarr !

— Alexis, réponds-moi ! Est-ce que tu t'amuses au SAS ?

Il arrête de pousser son ballon, me regarde.

— Oui... personne, ici, ne me fait du mal.

— Alors, Alexis, pourquoi pleures-tu ?

Il baisse la tête.

— Je ne sais pas. Je ne comprends pas. Pourtant, j'adore faire le clown. Je dois seulement être fatigué.

— C'est sûrement l'explication. Alexis, est-ce que tu te souviens de ce que tu as fait hier soir ?

— Hier soir?

Il me regarde, l'air perdu, marmonne vaguement.

— Je ne sais plus... je ne me rappelle plus très bien. J'ai dû rentrer à la maison, je suppose...

Alors, lui aussi a des trous de mémoire! Intéressant ça!!!!

— Alexis, est-ce que tu as une page perso? Sur le Web?

— Bien sûr!

— J'aimerais te mettre sur ma liste d'amis. Est-ce que je peux?

— Avec plaisir!

— Parfait. Merci. Tu iras voir la mienne. Ma page perso. Je vais te mettre en lien.

Je le laisse à sa valise et à son ballon. J'ai quand même le cœur un peu déchiré en le regardant pousser machinalement son ballon. Le premier jour, au SAS, il riait tout le temps.

Je m'approche de Simon. Le méchant solide et imposant Simon! Il grimpe aux murs en sautant du trampoline, il fait l'acrobate la tête en bas sur le mur! Ça ne doit pas être facile! Parce que, pour être bien honnête, Simon, il a un surplus de poids! Majeur! Il est massif comme... comme un réfrigérateur de restaurant!

— Qu'est-ce que tu as fait hier soir, Simon?

Même regard vide qu'Alexis tout à l'heure.

— Hier soir? Je ne sais pas... je ne me rappelle plus... J'ai dû rentrer à la maison ...

— Est-ce que tu t'amuses au SAS, Simon ?

— Évidemment ! Tu m'as regardé, Zan ? Quand je suis dehors, à l'école ou ailleurs, as-tu une idée de tous les noms qu'on me crie par la tête ? La grosse boule, la graisse sur pattes... ça ne finit jamais !

— Ne t'en fais pas Simon. Moi, je trouve que tu es parfait. J'aimerais bien t'avoir à côté de moi quand je rencontre des idiots toute seule le soir. Des idiots qui me veulent du mal. Je me sentirais protégée avec toi.

Il me regarde, gentil.

— Zan, je vais toujours te protéger. Comme je protège la petite Sofi. Personne ne peut lui faire du mal ou se moquer d'elle quand je suis avec elle. Je vais toujours te protéger aussi.

Je ne sais pas pourquoi, mais ça me fait du bien qu'il me dise ça. J'ai toujours tellement été toute seule, à faire face aux moqueries ! Et avec l'immense Simon avec moi, je suis sûre qu'on me laisserait tranquille.

— Simon, même si tu t'amuses au SAS, il me semble que depuis quelques jours, tu ne ris pas beaucoup.

Il se passe la main sur le visage. Une main immense !

— C'est vrai, j'ai remarqué. Tu sais Zan, on travaille fort. Je suppose qu'on commence tous à être fatigués !

— Simon, j'aimerais te mettre parmi mes amis sur ma page perso. Tu veux ?

Il me regarde comme si j'étais la fée des dents avec une valise pleine de pièces d'or ! Il est vraiment comme un gros nounours, Simon. Touchant.

— Tu voudrais ? Tu voudrais vraiment de moi avec tes amis ?

— Simon, ce serait un grand honneur !

— D'accord !

— Parfait. Va voir ce soir. Tu y seras déjà !

Et je le laisse à son trampoline ! Direction Christelle ! Celle-là, à vue de nez, je ne l'ai jamais vraiment aimée. Mais bon ! Elle doit bien avoir quelque chose de bon, pas vrai ?

— Salut Christelle !

— Salut !

Hummm... Un peu froid !

— Ça va ?

— Non. Ça ne va pas. J'ai des problèmes avec mes foutus mouvements de trapèze. Je n'arrive pas à me rappeler la séquence des mouvements que je dois exécuter.

— Tu as des problèmes de mémoire ?

— Peut-être. On dirait. Je dois vieillir ! Remarque, ce serait une bonne chose.

— Pourquoi ça ?

— Parce que j'en ai assez d'être ado. Toujours là à te faire bousculer par tout le monde. Fais ci, fais ça... Tu es une ci, tu es une ça...

Oups! Sa voix vient de se briser. Qu'est-ce qu'elle a? Malgré son air de dure à cuire, on dirait qu'elle est... oui, qu'elle est triste elle aussi!

— On te traite de quoi?

— Ah!...

— Christelle. Moi aussi... tu sais... Et puis toi, tu es si belle... toujours si bien maquillée... habillée comme une princesse... regarde-moi avec mes vêtements euhh... un peu vieux... toi au moins, j'aurais cru qu'on ne se moquerait pas de toi!

— Et pourtant, oui!

Cette fois, c'est sûr. La dure à cuire est ébranlée. Elle baisse la tête. Moi je pense qu'elle se maquille trop et que ses jupes... ben, ses jupes ressemblent plus à des ceintures qui arrivent tout de même un peu courtes... mais, ça, c'est mon opinion. Et puis, qui suis-je, moi, pour juger sur l'habillement? Si je fais ça, je deviens exactement comme les autres. Comme la bande à Lazarr. Qui juge tout sur ce qu'on a l'air! Et puis, à regarder Christelle, elle a quelque chose de tragique dans les yeux... Oui, plus que la tristesse... elle est comme... comme dans les films lorsque la fille, celle qui n'est pas l'héroïne, meurt à la fin, simplement parce qu'elle n'a pas eu de chance.

— Tu sais, Zan, elle continue, ils me traitent de noms vraiment pas jolis... des noms que je ne voudrais pas répéter... Tu sais, ils me traitent comme si j'étais ... comme si j'étais une bonne

à rien… pas intelligente… comme un bibelot …
Tu comprends ?

— Oui, je comprends Christelle. Et c'est bizarre parce que moi, j'aimerais bien qu'on s'occupe de moi un peu plus… j'aimerais bien être belle comme toi… J'aimerais te mettre sur ma page perso. Tu veux bien ?

— Tu voudrais ? Tu n'aurais pas honte d'avoir une amie comme moi ?

— Christelle ! Tu es malade ! Je serais fière, au contraire.

— Bien merci. C'est gentil.

— Merci. C'est toi qui es gentille. À propos, tu sais où est Filis ?

Elle regarde autour.

— C'est vrai. Il n'est pas là aujourd'hui. Il doit être malade.

Décidément. Ou bien je suis folle, j'imagine des trucs toute seule, et Filis est vraiment malade. Ou bien, je suis la seule à avoir raison et Filis a disparu.

— Bonjour belle Sofi !

— Bonjour Zan.

— Tu sais Sofi, c'est pour toi que je veux écrire la plus belle chanson que je n'ai jamais écrite de ma vie !

Elle est si touchante. Assise sur son échelle, avec sa belle robe de tulle dorée qui l'entoure comme un nuage d'étoiles et sa petite ombrelle en soie.

— Tu es heureuse ici, Sofi?

— Ici?

Elle me regarde avec ses beaux grands yeux.

— Mais, Zan! C'est la seule place où je suis heureuse au monde. Je me sens ici comme... comme dans cette histoire que Rom nous fait raconter dans le spectacle. Comme si je montais au-dessus du monde méchant et qui se moque de moi pour arriver près des étoiles! Le SAS, vous tous, vous êtes ma vraie famille!

Une vraie famille! Comme j'aimerais que ce soit vrai pour moi aussi!

— Alors Sofi, pourquoi est-ce que tu as l'air toute triste? Au début, tu nous embaumais avec ton beau rire clair!

— Je ne sais pas, Zan. Je n'arrive plus à rire. C'est comme si... c'est comme si je ne sentais plus rien dans mon cœur. Comme si mon cœur était en glace, et que la glace n'arrivait pas à fondre. Je ne comprends pas ce qui m'arrive. D'ailleurs, regarde Zan, autour de toi, nous sommes tous devenus comme de la glace ambulante! Je ne comprends pas! Pourtant, ici, on devrait tous s'amuser comme jamais ailleurs! Je ne comprends plus...

Je passe mon bras autour de ses petites épaules.

— Ne t'en fais pas, Sofi! Ça va passer... la fatigue...

J'aimerais en être sûre!

— Dis-moi, Sofi, tu as sûrement une page perso?

— Bien sûr! Tu veux me mettre parmi tes amis?

— Oui.

— Oh! J'adorerais...

— Merci. Allez! Retourne au travail, Sofi! Tu es le clou du spectacle, n'oublie pas!

Je la laisse et elle remonte sur son échelle. Pauvre Sofi! Pauvre tous! Parce que plus je les regarde tous, plus j'ai de la peine! Ils sont tous ici pour être mieux, pour ne plus qu'on se moque d'eux. Et pourtant, tout le monde semble triste!

Une vraie famille, a dit la petite Sofi! Elle a raison. Pour la première fois de ma vie, je me sens ici au milieu d'une vraie famille. Ils sont tous comme moi, brisés quelque part. Avec une blessure. Simon, parce qu'il est un peu gros; Alexis, parce qu'il n'a plus de parents; Sofi, parce que son corps a refusé de grandir; et moi... et moi... parce que ...

Bon, vaut mieux pas sombrer dans la tristesse, moi aussi. Et justement, c'est ça qui est bizarre! On dirait que je suis la seule ici à ne pas être amorphe, morte, en glace. Et à ne plus avoir de pertes de mémoire.

Tout à coup, je relève la tête. Si je suis la seule ici à avoir encore toute ma tête et tout mon cœur, je ne peux pas rester à ne rien faire! Je dois les sortir de là. Je dois ABSOLUMENT trouver ce qui ne va pas au SAS. Je le dois ! Pour ma... bien, oui, pour ma nouvelle famille.

Allez, ma vieille, relève tes manches et au boulot !

À l'appartement — 18 h 38

J'avais une surprise incroyable en arrivant ! INCROYABLE ! C'est madame Ursule qui a reçu le paquet.

— La poste est venue aujourd'hui, Zan. Pour toi. Tu as reçu une boîte. Je l'ai posée sur la table.

Elle est tout de même intriguée, la bonne infirmière. Mais je ne veux pas que personne ne se mêle de mes affaires. Je la montrerai à maman, c'est tout. Parlant de maman...

— Comment va-t-elle aujourd'hui ?

— Je ne sais pas, Zan. Je ne sais pas. On dirait qu'elle est nerveuse. Elle bouge sans arrêt. Elle ne dort pas. Si ça continue, j'appelle le médecin.

— NON ! Non, je reprends tout doucement. Je crois... je crois... que ce sont les orages... les orages qui la perturbent...

— Tu es sûre que tu ne fais rien qui l'inquiète, Zan ? Parce que si je découvre que c'est le cas, j'appelle aussitôt madame Beck !

Horreur !

— Bien sûr que non, madame Ursule. Que voulez-vous que je lui fasse ? Je reste bien tranquille à la maison, en jouant sur l'ordi, vous le savez bien !

— Ouais...

— Il n'y a pas de « ouais »... À propos, ces géraniums, vous les avez achetés ?

Son visage s'éclaire.

— Oui. Finalement, tu avais une excellente idée. Monsieur Paige, le voisin d'en face, sera content. Il verra que moi aussi, je peux décorer mon balcon !

Elle a prononcé le nom de monsieur Paige avec une petite douceur dans la voix. Est-ce que madame Ursule, avec son début de moustache, aurait un petit penchant pour monsieur Paige ? Ce serait drôle ! C'est vrai qu'il paraît qu'il n'y a pas d'âge pour l'amour. Mais quand même ! J'ai du mal à imaginer ! C'est vrai que monsieur Paige, lui, a aussi une moustache ! Une énorme moustache !

Bon. Ce n'est pas tout ça. J'ai hâte de voir ce qu'il y a dans la boîte. Je pousse madame Ursule dans l'escalier. Il me semble que je passe ma vie à pousser madame Ursule dehors ! Pauvre elle ! Elle n'est pourtant pas si méchante ! Juste un peu... un peu ennuyante !

— À demain, madame Ursule ! Allez planter vos fleurs ! Monsieur Paige sera impressionné !

Ouf ! Enfin ! Seule de nouveau. Je vais chercher Élixir qui va beaucoup mieux. Je ne sais pas ce qui s'est passé lors de cette funeste semaine, mais une chose est certaine : j'ai failli le faire mourir ! Et je ne m'en serais jamais remise !

Bon. La voilà ! La fameuse boîte. Assez grosse quand même. Je la tourne dans tous les sens. En mangeant un de mes fameux concombres ! Ce que j'en ai assez des concombres !

Allez je déballe ! Mais qu'est-ce que c'est ça ?

Une caméra ! Une caméra ! Une petite caméra vidéo ! Et un téléphone portable !

Mais qu'est-ce que cela signifie ? Qui m'envoie des cadeaux qui n'ont aucun sens ? Et qui coûtent une véritable fortune !

Tiens une lettre.

Zan !

Je sens que tu ne vas jamais te calmer. Et surtout, que tu ne vas jamais être prudente. Alors, j'ai décidé de t'équiper pour ton enquête. J'ai brisé ma tirelire et j'ai eu assez pour acheter, pas cher, cette caméra et ce téléphone. Comme ça, tu pourras filmer Dex et Rom, et tout ce que tu découvriras. J'ai pensé que c'était la meilleure chose à faire… au cas où il t'arriverait encore des pertes de mémoire !

Examine bien le téléphone. Il est spécial. Il peut prendre des photos, bien sûr. Mais il peut aussi enregistrer des conversations. J'ai pensé que ça pourrait être pratique !

Un conseil maintenant. Ne t'éparpille pas. Voilà, je pense, les priorités :

1 *Trouve un cadavre d'animal mort et envoie-le-moi. J'ai trouvé un oncle, qui avait un ami, qui avait un*

autre ami… bref, j'ai trouvé un vétérinaire légiste qui voudrait bien analyser l'animal.

2   Concentre-toi sur Dex pour l'instant. Essaie de savoir qui il est, d'où il vient. Je n'arrive vraiment pas à trouver de renseignements sur lui.

3   Je n'ai rien pu faire avec la moitié de mot que tu m'as envoyé par messagerie… « … acio… ». 🖱 Rien ne sort sur Troouve. J'ai essayé toutes les combinaisons. Et je ne reconnais pas le logo. Je crois que la seule manière d'arriver à le trouver, ce sera dans l'ordi de Dex. Je ne sais pas si tu peux faire ça ! Je crois que Dex a sûrement un lien avec cette compagnie !

Enfin, je ne te le répéterai jamais assez, SOIS PRU-DENTE ! Ne te prends pas pour James Bond !

LOSTMAX

Lostmax ! Mon cœur devient tout chaud, rien qu'à penser à lui. J'ai quand même de bons amis dans la vie !

Je passe la soirée à mettre tous mes nouveaux amis du SAS en lien sur ma page perso. Mainte-nant que j'ai leur mot de passe.

À minuit, je regarde mon œuvre. Ma page perso ressemble à une… à une véritable famille. Ils sont tous là ! Je suis contente !

Et, parce que je suis si fière, j'écris à mes amis virtuels.

Zan écrit à tous :

EH! Retournez sur ma page perso, code secret Danse. ✒ Vous allez voir qui est au SAS avec moi! Ils sont tous là! À plus tard. ☺

Et je suis si contente que je me mets illico à gribouiller un peu de musique pour le spectacle... et je danse !

14 JUILLET

Au SAS — 9 h 48

— Sofi! T'as pas vu Filis ce matin?

— Bonjour Zan! Non... J'ai pas vu Filis! Il doit être encore malade!

Bien sûr! Un gars fort comme Filis, encore malade! Non. Là, je n'y crois plus!

— Dis-moi Sofi. Tu n'aurais pas son code secret, pour sa page perso? J'ai essayé d'entrer, mais on me demande un code.

— Oui... non... je ne me rappelle plus exactement.

Toujours ces foutues pertes de mémoire !

— Attends Zan! J'ai peut-être quelque chose !

Et elle dégringole l'échelle, fouille dans son petit sac et me ressort un papier. Une vieille photo toute déchirée.

— Tiens! Filis me l'avait donnée pour que je n'oublie pas.

— Mais Sofi! La photo est à moitié déchirée!

— Je sais! Tu sais, avec les orages... j'ai attrapé
la pluie et la photo s'est un peu effacée...

— Un peu! Tu veux dire qu'il ne reste plus
rien!

— Je me souviens un peu, Zan. Filis m'a dit
que son mot de passe parlait d'un voyage qu'il
a fait.

— Bon ça ne fait rien, Sofi. Je vais essayer de
trouver. Je vais me débrouiller avec ça. Tiens!
Qu'est-ce que tu as dans les mains?

— Une flûte! Tu vois bien! MA flûte!

Pour une fois, elle rit.

— C'est une flûte, ça? Mais elle est toute
petite. Et comme... comme tordue!

— Mais c'est une véritable flûte traversière.
Seulement, on l'a faite spécialement pour moi
et mes petites mains!

— Alors, tu joues de la flûte!

— Oui, j'adore ça. Et je veux en jouer dans
mon numéro, quand je vais monter vers les
étoiles. Est-ce que tu crois que tu peux intégrer
ma flûte à ta musique?

— Oui. Oui, bien sûr Sofi. Je vais voir ce
que je peux faire! Tu sais, hier soir, je t'ai écrit
une musique. La musique lorsque tu arrives
dans la lumière, tout en haut! Pour la finale!
Je crois que c'est assez joli. Je vais trouver un
moyen pour ajouter une partition de flûte.

— Génial!

Je retourne à mon perchoir, j'ouvre ma messagerie. Je suis assez fière de ce que j'ai fait pour Sofi, hier soir. Mais c'est vrai que ce serait joli avec de la flûte. Je n'ai pas trop le temps de m'y mettre, mais je peux arranger ça. Pas de problème!

Mais d'abord, s'occuper du mot de passe de Filis. Je m'invente un autre code secret, Bizarre.

Zan écrit à tous:
J'ai une énigme pour vous! Juste pour s'amuser. Quelqu'un reconnaît ce bout de photo? Pouvez-vous trouver ce que c'est? Est-ce que vous avez des idées? Il paraît qu'il s'agit d'un voyage, je ne sais pas où! Il me faut un mot au complet!
Le premier qui trouve la solution, je lui écris une chanson juste pour lui!
À plus tard. ☺

Bon, voilà une première chose de faite! La deuxième maintenant.

Zan écrit à tous:
Resalut!
Encore besoin d'aide. Que ferais-je sans vous tous!
Voilà! J'ai une petite faveur à vous demander. Sofi, la petite Sofi joue de la

flûte traversière. Je voudrais lui ajouter une partition sur la musique de base. Mais je n'ai pas le temps de m'en occuper. Pouvez-vous m'aider?

Cliquez «Chanson de Sofi» dans «Ma musique» 🎤 et dites-moi ce que vous préférez, avec ou sans flûte? J'ai aussi mis un dessin de Sofi. Pour que vous ayez une idée!

À plus tard! Et merci. ☺

Voilà! Ils vont travailler pour moi! Je vais pouvoir me concentrer sur mon mystère!

15 JUILLET

Au SAS — 16 h 22 de l'après-midi

Rien pu faire de toute la journée. Dex est resté cloîtré dans son bureau, sans mettre les pieds dehors. Pas moyen d'accéder à son ordi, comme Lostmax me l'a demandé! À propos de la fameuse compagnie pharmaceutique! Et j'ai fait rapido le tour du SAS. Pas de traces de nouveaux animaux morts pour la fameuse autopsie!...

Qu'à cela ne tienne comme ils le disent dans les livres! J'ai un super plan pour ce soir. Et si je veux le mettre à exécution, j'ai intérêt à me forcer les méninges. Parce que je n'ai pas d'auto, moi! Et pas d'auto, pour suivre une auto, ce n'est pas de la tarte!

Mais, comme je le dis, j'ai un plan !

Au SAS — 17 h 22

J'avais oublié ma nouvelle petite merveille !... La technologie, il n'y a rien de pareil ! Je ne peux pas le croire ! J'ai un téléphone portable qui prend des photos ! Tout à l'heure, je suis sortie, mine de rien. Je suis allée au stationnement. Je l'ai reconnue tout de suite. L'auto du monsieur qui m'a suivie, l'autre soir, jusque dans la tour.

J'ai encore essayé d'ouvrir les portières, mais, cette fois, elles étaient toutes verrouillées. Il a dû apprendre la leçon, l'homme en noir. Il n'a pas dû aimer beaucoup que j'aille fouiller dans sa valise ! Ça ne fait rien. J'ai mieux aujourd'hui. J'ai sorti mon téléphone et hop ! J'ai eu la photo de sa plaque d'immatriculation dans mon appareil.

Maintenant, bien assise sur mon perchoir au SAS, je me souris à moi-même. Je sens l'appareil dans ma poche. Il n'a qu'à bien se tenir ! Je finirai bien par savoir qui il est !

Je le vois justement qui me regarde du haut de son perchoir. Je me retiens de lui faire un sourire. Reste prudente, ma fille, qu'ils n'arrêtent pas tous de me dire. Ça va, j'ai bien compris le message. Cinq sur cinq. Alors, je me tiens tranquille.

Et de toute façon, j'ai mieux à faire ! Mon plan à mettre à exécution ! Il s'agit de Dex, cette fois.

Je veux des informations sur lui, où il habite, et tout ça.

Je suis détective après tout !

Dans le stationnement du SAS — 20 h 12

Test. Test. Un. Deux. Test. Bon, mon téléphone-enregistreur fonctionne. Je vais pouvoir dicter tout ce que je vois ! Et puis, j'ai ma petite caméra dans ma poche !

Il est... Il est 20 h 23.

J'aurais préféré me cacher dans le coffre arrière de l'auto de monsieur Dex. Mais, pour ça, il aurait fallu que je pique ses clés, et puis que je les remette à leur place sans qu'il se doute de rien ! Pas facile ! Alors, j'ai dû me résoudre à me cacher derrière le siège du conducteur. Je me suis faite toute petite. Vraiment petite. Mais j'envie tout de même Sofi. Elle, elle serait sûrement passée inaperçue !

J'espère seulement que Dex n'ira pas fouiller à l'arrière de son auto. Parce que là ! Je vais me faire prendre comme une débutante ! Espérons-le !

Il y a bien une heure que je suis cachée ici. Je commence à avoir mal partout ! Et ce qu'il fait chaud là-dedans ! Et si j'ouvrais un peu la fenêtre ? Non. Trop risqué ! Endure Zan ! De temps en temps, je lève un peu la tête. Comme un sous-marin qui fait surface. Décidément, il

156

faut bien connaître la technique du sous-marin pour être détective !

Attention ! Voilà Dex qui émerge du SAS. Je dois éteindre l'enregistrement. Pourvu qu'il n'ouvre pas la portière arrière ! Pourvu qu'il... J'éteins.

20 h 43

L'auto s'est arrêtée. Dex est sorti de l'auto. Est-ce qu'on est arrivés quelque part ? Je relève mon sous-marin. Une station d'essence. Et Dex qui met de l'essence juste derrière moi ! Il va me voir ! Je replonge le sous-marin.

20 h 57

Test — test. Un, deux, un, deux. Bon ! Ça roule toujours !

L'auto est encore arrêtée. Dex est ressorti. Est-ce que je peux ?... Essayons.

Cette fois, il s'est stationné. Je le vois qui marche sur un trottoir. Il se dirige vers... qu'est-ce que c'est ? Une immense maison de pierre ! Une sorte de couvent ou d'hôpital ?... Bon. Il disparaît derrière la porte. Je me risque.

J'ouvre la portière. Je sors, en rampant plutôt que debout. Me relève. Jette un coup d'œil autour.

WOW !

Je ne savais pas que des maisons aussi belles pouvaient exister ! À part dans les contes de fées.

Je crois que c'est sa maison! Une immense maison, toute en pierre et en larges fenêtres. Il y a des maisons tout aussi belles le long de la rue. Que c'est beau! Que j'aimerais habiter là-dedans! Et il y a des arbres et des fleurs partout! Tu parles comme c'est chic!

Mais comment je fais pour pénétrer là-dedans? Parce que c'est mon plan. Je veux pénétrer chez Dex, dans sa maison, et fouiner un peu pour voir ce que j'y trouverai. Mais sa maison, c'est exactement comme un château. Et un château, on n'y entre pas comme dans une maison du quartier du port. Il y a de grosses portes en bois et elles ont l'air de me dire : « Gare à toi! » Peut-être qu'il y a même des archers sur le toit pour défendre ce château fort? Je blague, mais pas beaucoup!

Je décide de faire le tour du château. Il doit bien y avoir une porte derrière, un peu moins impressionnante que celle d'en avant. Je suis gênée de piétiner une si belle pelouse, mais je n'ai pas le choix!

Je fais le tour et là... Et là...

REWOW!

C'est encore plus beau que le devant. Une belle pelouse fluo à force d'être verte! Une terrasse en pierre comme dans les films romantiques, un étang... ben oui, un étang avec deux cygnes blancs.... Des vrais!... Et tout au bout, une falaise avec la ville en bas! Je n'ai jamais rien vu de pareil!

Je ne pensais jamais que ma ville pouvait être aussi belle. Avec toutes ces lumières qui commencent à s'allumer parce que la nuit tombe! On dirait ... à cause de toutes les lumières qui s'allument, on ne dirait pas une ville, on dirait que le ciel est en bas et que la ville est un vaste ciel peuplé de belles étoiles vives! Je suis estomaquée! (Ça veut dire que j'ai l'estomac à l'envers!) Et tout à coup, je découvre les gros bateaux! MES gros bateaux! Ils sont posés comme des jouets d'enfants sur le grand fleuve. Comme c'est bizarre! Vus de chez moi, les gros bateaux sont si imposants qu'ils pourraient m'écraser comme une mouche. Lorsque je suis à côté d'eux, je peux voir qu'ils sont rouillés et abîmés par tous leurs beaux voyages autour du monde. Mais vus d'ici, ils ont l'air de petits bateaux, tout beaux et tout blancs, avec lesquels je jouais dans ma baignoire!

En même temps, je suis un peu triste. Parce que d'ici, je vois très bien où j'habite. Et là où j'habite, près du port, c'est un trou noir. Moi, j'habite dans un trou noir où il n'y a presque pas de lumières! Comme si le ciel avait oublié d'accrocher des étoiles dans cette partie-là de la ville!

Bon. Je suis mieux de continuer ma mission. Parce que rester plantée ici va me rendre triste et je n'avancerai pas. Et puis, il y a peut-être des archers! En tout cas, des voisins qui peuvent regarder par leurs fenêtres et me découvrir. Il doit bien y avoir quelqu'un qui habite ces grands châteaux-là. Bien que... Ils ont l'air pas mal vides et déserts. Mais ça doit être tellement grand là-dedans! Les habitants doivent se perdre dans les longs couloirs sombres!

Allez! Suffit! Au boulot. Je m'approche de la grosse maison-château, suis le mur et... ça y est, une porte. Elle est déverrouillée. Je la pousse... la cuisine. Enfin!

La cuisine d'un restaurant tellement c'est grand et chic! Et vide! Personne! Parfait!

J'avance doucement... Débouche sur un... wow encore! Une immense pièce, un « hall », je crois qu'ils appellent ça... en tout cas une vaste vaste entrée avec un gigantesque escalier. Tout est en bois sombre, avec des peintures accrochées partout! Des peintures géantes, vieilles, avec des hommes à cheval qui ont la plume au chapeau. Ils sont tous sérieux, mais ils sont drôles tout de même!

Un bruit... Quelqu'un approche. Vite! Je tourne la tête... trouve un coin sous l'escalier. J'éteins l'enregistreuse.

21 h 48

Un serviteur! Un vrai serviteur est passé sous mes yeux. Un majordome, comme dans les films qui se passent dans l'ancien temps en Angleterre. Avec le costume pingouin, la queue derrière et la chemise blanche vraiment parfaite. Le majordome portait un plateau avec deux verres. Incroyable! Je commence à me sentir dans un film! Encore un bruit. Voilà le major-dome qui revient. J'éteins.

22 h 02

Il passe, il revient. C'est ennuyeux. Parce que pour l'instant, je ne peux pas sortir de ma cachette. Et moi, je veux découvrir ce qui se passe ici! En tout cas, le majordome retourne toujours derrière une grande porte qui se trouve à droite. J'aimerais bien voir ce qui se passe derrière cette porte! Ah! Si j'étais Élixir!

22 h 24

Ça fait 20 minutes qu'il n'est pas repassé. Allez Zan! On se risque. Je sors ma caméra de ma poche, on ne sait jamais, et je marche comme une petite souris dans la vaste entrée. Je m'approche de la porte, colle mon oreille. Rien. Je n'entends rien. Zut! Il va falloir que j'ouvre un peu si je veux voir. Je prépare ma caméra, tourne la poignée et là ...

3 h!!!!!!!!!!!!!!!!!
Je n'ai pas pu recommencer mon enregistrement avant! Cinq heures sans enregistrement! Quel dommage!
Ils ne vont quand même pas me garder ici jusqu'à la fin de mes jours! Stupide que je suis! Juste comme j'ai ouvert la porte et je découvrais qui étaient dans la pièce — et j'en suis encore

toute retournée! —, voilà que le majordome a rappliqué! Je ne l'ai pas entendu revenir. Il m'a prise par le collet et mon cœur est descendu dans mes talons! Il m'a poussée dans la grande pièce, derrière la porte, en disant:

— Veuillez m'excuser monsieur Dex... voilà une jeune... personne que je viens de trouver derrière votre porte!

Là, j'ai cru que le ciel venait de me tomber sur la tête! J'aurais voulu disparaître. J'ai regardé au plafond, partout. À vrai dire, ça m'a permis de constater que cette pièce était aussi comme dans les films. Une bibliothèque tout en bois avec des livres jusqu'au plafond, une énorme cheminée de pierre et... Dex était assis dans un fauteuil de cuir vert. Oh! Qu'il avait l'air fâché! Il s'est levé, s'est mis à tourner autour de moi comme si j'étais une peste sur pattes... Il ne disait pas un mot et c'était pire!

Et l'autre, l'AUTRE, assise dans son fauteuil en compagnie de monsieur Dex et qui me regardait comme si je venais de voler une banque!

L'AUTRE! Quand je l'ai vue! Quand je l'ai reconnue! Je n'en reviens pas encore!

En tout cas, Dex a fini par ordonner à son majordome de me conduire dans une chambre, et le majordome a obéi, vite fait. Et voilà maintenant des heures que je suis assise ici, dans le noir, à me tourner les sangs. Vraiment comme dans un film! Sauf que c'est justement ça qui me dérange! Parce que dans les films, lorsque le héros se fait découvrir chez le méchant, chez LES méchants, en général, ça finit assez mal pour le héros. Et moi, je n'ai pas trop envie que les choses tournent à la catastrophe. Et je sens que c'est précisément ce qui risque de m'arriver! Conclusion! Il faut que je me sauve. Il faut que je sorte d'ici au plus vite. Mais comment?

Le problème, c'est que cette chambre, elle est au deuxième étage. Et malheureusement, et ça, ce n'est pas comme dans les films, il n'y a aucun arbre qui vient près de la fenêtre! Un de ces arbres dont une branche arrive comme par magie à la fenêtre et que le héros descend pour s'enfuir à toutes jambes! Eh bien non. Pas ici.

Qu'est-ce que je fais alors? Il doit bien y avoir un moyen! Je ne vais tout de même pas attendre ici, à ne pas essayer de m'enfuir, jusqu'à ce qu'ils reviennent me chercher!

Et tout à coup, il me revient une idée horrible en tête. L'inconnu du SAS, celui qui m'a écrit et qui a dû fuir et se cacher pour échapper à Dex! S'il a dû fuir, c'est certainement parce qu'on voulait lui faire du mal! Brrrr... j'ai beau être courageuse, il y a des limites!

Non. Il n'y a pas mille solutions. Il faut que je sorte d'ici.

Je commence à fouiller dans la chambre. Peut-être que je trouverai quelque chose pour ouvrir la serrure? Parce qu'il n'y a vraiment qu'une seule sortie et c'est la porte. Elle est barrée, de l'extérieur. Et ce qu'elle est lourde! J'ai essayé de l'enfoncer, mais je n'ai réussi qu'à me faire un gros bleu.

Bon, je continue à fouiller. Vraiment une chambre de princesse, avec un grand lit à baldaquin et de gros meubles en bois. J'ouvre tous les tiroirs. Rien.

Je m'approche d'un meuble, une grosse commode avec des portes. J'ouvre les portes. C'est un bureau. Un bureau de travail. Avec un ordinateur à l'intérieur. Est-ce que par hasard?...

J'allume. Ouiiiiii... Il fonctionne. Et le Web? Est-ce qu'Internet est branché? Ouiiiii... et encore ouiiiiii....

Je suis branchée! C'est ça qui est bien avec les maisons riches! Il y a des câbles dans toutes les pièces!

Bon. Si je ne peux pas sortir d'ici, je vais au moins essayer de faire savoir à quelqu'un que je suis prisonnière. Je ne suis pas trop sûre que j'aie le temps de tout écrire. Ah! J'ai une idée! Je vais transmettre l'enregistrement que j'ai fait tout au long de la soirée sur le Web! Cela sera plus vite et surtout plus précis que si j'écris toute l'histoire! Quelle merveille que ce petit portable enregistreur et aussi le petit bout de film que j'ai eu le temps de prendre! Est-ce qu'il y a le fil nécessaire? Oui. Est-ce que ma chance commencerait à tourner?

Ouiiiiii!...

À qui j'écris? Bien, il n'y a qu'une seule personne qui peut m'aider.

ZAN ÉCRIT À LOSTMAX:
LOSTMAX.
Je suis chez Dex. Prisonnière. En haut de la ville, tu sais, sur la montagne. Un château. Pas le temps d'écrire. J'ai déchargé les images de ce que j'ai vues ce soir. Et surtout QUI j'ai vu chez Dex!!!

Je commence à transférer les données. C'est long... C'est terriblement long!... Beaucoup trop long! Je n'y arriverai jamais! Je prends une décision. Je vais transférer seulement le bout d'image et de son que j'ai pris lorsque j'ai ouvert la fameuse porte. Ça suffira. Je crois que Lostmax comprendra.

Zut. Quelqu'un ouvre ma porte. Vite! Vite! Il faut que je finisse. Il ne faut pas que la personne découvre que j'ai trouvé cet ordi. Et que je communique avec quelqu'un de l'extérieur! Viiiiite!...

Trop tard! Les données ne sont pas parties! Zut! J'éteins tout, ferme le bureau. Et je suis debout comme un piquet, l'air de rien, lorsque le majordome entre dans la chambre.

Mais j'ai eu le temps de pousser mon bouton de téléphone. Tout ce qui va se passer sera

enregistré! Comme ça, quoiqu'il m'arrive…
quelqu'un découvrira bien ce qui m'est arrivé!

ENREGISTREMENT DE ZAN, TEL QUE RECOPIÉ DANS SON JOURNAL PAR MOI, SOFI, PARCE QUE ZAN NE POUVAIT PAS!

Note de Sofi: il y a quatre voix sur l'enregistrement. Une première au début, et qu'on n'entend plus ensuite. La voix de monsieur Dex. Et la voix d'une dame qu'on dirait un peu âgée. L'autre voix est celle de Zan.

Début de la transcription:

— Monsieur Dex, je vous ai ramené la jeune personne.

— Merci Charles. Ce sera tout. Vous pouvez aller vous coucher.

— Bien monsieur. Merci monsieur.

Claquement de porte.

— Zan, tu vas nous dire ce que tu es venue faire ici. Et surtout, pourquoi tu m'espionnes.

— Je … Je ne vous espionne pas, monsieur Dex. J'ai… simplement voulu savoir où vous habitiez. C'est tout.

— Et pourquoi voulais-tu savoir où j'habitais?

— Parce que… euhhhh… parce que… parce qu'on dit que vous êtes riche. Et je voulais voir où habitaient les gens riches.

— Elle ment. (Voix de la dame plus âgée.)

— Je ne mens pas, madame Beck. Je ne mens pas! (Voix de Zan.)

— Elle ment, Dex. Je connais bien cette fille. N'oublie pas qu'elle est sous ma charge aux Services sociaux à l'enfance.

— Justement, madame Beck. Vous savez très bien que je ne mens jamais ! Et puis, madame Beck, c'est bizarre de vous trouver ici. Je ne savais pas que vous connaissiez si bien monsieur Dex pour être chez lui à cette heure-ci. Vous êtes une bonne amie de monsieur Dex ?

— Tu vois Dex ! (Voix de la dame.) Tu vois bien ce que je te disais ! Non seulement cette fille ment. Mais en plus, elle est insolente. Tu sauras, Zan, que mes relations avec Dex ou avec qui que ce soit ne te regardent pas ! Tu as toujours posé trop de questions. Rappelle-toi Dex, je te l'avais bien dit dès le début sur la lettre. Cette fille est un code 5 ! Tu te souviens ce que c'est, un code 5, n'est-ce pas Dex ?

— Oui. Je vois bien madame Beck. (Voix de Dex.) Un code 5 signifie quelqu'un de dangereux pour nous. Quelqu'un qui pose trop de questions et qui est trop curieux. Et vous aviez raison pour Zan. Elle pose beaucoup trop de questions. Vraiment très curieuse.

— Que croyez-vous qu'elle a découvert au juste, Dex ?

— Rien ! (Voix de Zan.) Je n'ai rien découvert du tout. Et d'ailleurs, je ne cherche rien. Je voulais seulement voir de près un beau château, je vous le jure !

— Comme le dit si bien madame Beck, Zan, je ne te crois pas du tout. Je t'ai vue, au SAS, en train de fouiner partout. Même Rom est toujours à ta recherche.

— Elle est toujours à farfouiller partout et à poser des questions. Elle est comme l'autre, Dex, tu te souviens ? Le fameux Louis Champa. Lui aussi avait découvert trop de choses. Et on ne peut tout simplement pas laisser faire ça, Dex. Trop dangereux.

— Oui, vous avez raison, madame Beck.

— Et on ne peut pas attendre qu'elle fasse comme ce fameux Louis Champa et disparaître. Nous ne l'avons pas encore retrouvé celui-là. Rappelle-toi, Dex. Louis Champa est un danger pour nous. Et celle-là, si elle s'enfuit aussi, sera un deuxième danger. Nous ne pouvons risquer une pareille erreur une deuxième fois ! Il faut s'en occuper tout de suite, Dex ! Tu m'entends ? TOUT DE SUITE !

— Mais... madame Beck, monsieur Dex... je n'ai rien fait... je vous jure que je retourne au SAS et que je vais continuer à faire mon travail, tout simplement. Je vais...

— Tais-toi ! (Voix de Dex.) Qu'est-ce que vous suggérez, madame Beck ? Que fait-on d'elle ?

— Une chose est certaine, Dex, c'est que notre projet est trop important pour courir le moindre risque.

— Je sais madame Beck. Je sais. Ne vous inquiétez pas. J'y tiens trop, moi aussi. N'oubliez pas que ce projet est d'abord et avant tout mon idée ! Alors, votre suggestion ? Qu'est-ce que l'on fait d'elle ?

Silence.

— Votre suggestion, madame Beck ?

— Enfermons-la encore là-haut. Nous prendrons une décision demain.

— D'accord. Je la ramène là-haut.

— Très bien Dex. Moi, je rentre chez moi. Dormir un peu. Et demain, nous réglerons son sort. Définitivement.

— Bonne nuit madame Beck.

— Bonne nuit Dex. Et fermez bien sa porte à double tour !

— Ne vous inquiétez pas. Elle n'ira nulle part.

Bruits. Assez longs.

— Voilà petite fille. Tu n'aurais jamais dû venir ici. C'était une très grave erreur. (Voix de Dex.)

— Mais monsieur Dex…

— Tais-toi. Charles t'apportera quelque chose à manger. Et surtout, ne pense pas à fuir ! Personne n'est jamais parvenu à briser cette porte. C'est une porte de château fort.

Rire de Dex. Porte qui claque.

Note de Sofi : fin de l'enregistrement.

AUTRES NOTES DE ZAN, ÉCRITES SUR DIVERSES PAGES DÉCHIRÉES, REMISES EN ORDRE PAR MOI, SOFI, ET RECOPIÉES DANS LE JOURNAL DE ZAN.

Je ne sais pas quelle heure il est, mais c'est le matin !

J'ai réussi à dormir. Dans le fameux lit à baldaquin. Je me suis réveillée toute barbouillée. J'avoue que je ne me sens pas très bien. Est-ce qu'ils m'auraient donné quelque chose ? Un poison ? Un somnifère ?

Tu es en train de paniquer, Zan! Tu n'as rien bu, rien mangé ici. Mais c'est une note à conserver dans ma tête! Ne rien prendre de ce qu'ILS m'apporteront à manger ou à boire! Même ce grand pingouin-là, celui qu'ils appellent Charles! Le majordome!

Qu'est-ce que madame Beck faisait ici? Comment peut-elle aussi bien connaître Dex? Qu'est-ce qu'ils fabriquent tous les deux ensemble? Pour être honnête, je n'ai pas avancé du tout dans mon enquête. Le mystère s'est plutôt épaissi, comme ils disent dans les romans! Déjà, je soupçonnais Rom et Dex, sans parler de l'homme en noir, au SAS. Et voilà que madame Beck est rentrée dans le décor. Ça fait beaucoup. Beaucoup d'ennemis pour une si petite personne. Parce que, il n'y a pas à dire, je me sens soudainement toute petite. Un vrai bébé aux mains... aux mains d'ennemis. Parce que voilà la vérité! Je suis prisonnière ici. Pour combien de temps? Et surtout, qu'est-ce qu'ils me feront?

Plus tard

Je n'ai aucune idée de l'heure. Aucune horloge dans cette foutue chambre. J'ai essayé l'ordi. Débranché. Ils ont dû trouver mon secret et ont débranché la connexion Internet. Heureusement que j'ai trouvé du papier dans le bureau. Au moins, je peux écrire. Ça passe le temps, qui est long longtemps! Et puis, s'il m'arrivait

quelque chose, peut-être que quelqu'un trouve-
rait mes papiers !

C'est le seul espoir que j'ai !

Plus tard

Ce que c'est long à ne rien faire ! Je ne trouve plus
rien à écrire parce qu'il ne se passe rien !

Le seul événement est que le majordome m'a
apporté un plateau de nourriture. Mais il est malin
le coquin. J'ai regardé si je pouvais profiter de sa
présence pour m'enfuir pendant que la porte était
ouverte. Mais rien à faire ! Il a ouvert, refermé,
rebarré avec une grosse clé, déposé le plateau.
Puis, il a redébarré, est sorti..., et j'ai entendu la
clé tourner de l'autre côté de la porte. Enfermée,
Zan ! Sans moyen de s'échapper.

Évidemment que je n'ai rien touché sur le
plateau ! Et pourtant, je commence à avoir faim.
Que ça sentait bon ! Un steak épais comme je
n'en avais jamais vu, des petits pois, des pommes
de terre en purée et un jus.

Dommage !

Plus tard

Charles m'a apporté un gâteau et un verre de lait.
Il a vu que je n'avais pas touché à son plateau, a
froncé les sourcils. Mais il n'a rien dit.

Je n'ai pas touché à son gâteau non plus. Un
gros gâteau fondant, plein de chocolat ! Encore
plus dommage !

Je commence à tellement m'ennuyer que je suis rendue à décrire ce qu'on m'apporte à manger! Plus ennuyeux que ça! Il faut vraiment que je trouve le moyen de sortir d'ici. J'ai encore regardé longtemps par la fenêtre. Il y a pourtant des arbres immenses. Pourquoi est-ce qu'il n'y pas une branche qui vient jusqu'à cette foutue fenêtre?

De toute manière, elle est fermée solide, cette fenêtre. Je me suis cassé les ongles à essayer de l'ouvrir. Rien à faire. C'est le problème avec les maisons qui ont l'air conditionné! Pas besoin d'ouvrir les fenêtres. J'aurais pourtant pu crier aux voisins ou, je ne sais pas, nouer mes draps et descendre.

Arrête d'y penser, vieille Zan. Elle ne s'ouvre pas, la fenêtre. Et en plus, comme si ce n'était pas suffisant, il y a des grillages de fer. Un vrai château fort, je vous le dis. Comme je m'ennuie de ma vieille maison toute croche! Elle est nettement plus sympathique. Les fenêtres sont si vieilles que, même barrées, j'arrive à les ouvrir!

Et maman! Qui s'occupe de maman? Et Élixir? Qui lui donne à boire? Qui lui donne à manger?

Je ne peux décidément pas rester ici!

Plus tard

J'ai passé toute la journée à me torturer le cerveau! Rien trouvé.

Si au moins j'étais sur un de mes beaux gros bateaux! Je pourrais jeter une bouteille à la mer!

Avec mes notes dedans ! Quelqu'un pourrait les trouver, sur une plage exotique. Venir me libérer.

Mais ici, rien. Le silence total. Je déteste ces maisons. On dirait qu'elles sont vides de toute vie. Le silence est lourd !

Plus tard — La nuit
Je commence à avoir vraiment faim et soif. Mais je ne veux toucher à rien !

J'entends du bruit. Une voix. Dex. Pourvu qu'il n'ait pas pris une décision à mon sujet !

Plus tard encore — La nuit
Il est venu me voir. Dex. A tourné autour de moi comme autour d'une proie. Et il avait l'air de quelqu'un qui voulait vraiment me dévorer. Il me fait peur. Il ne parle presque pas. Il est toujours impeccable dans un beau costume. Trop propre.

Il boite. Il a du mal à marcher. Comme s'il avait une jambe de bois. Peut-être qu'il a eu un accident ? Une maladie ? Mon cerveau s'imagine toute sorte de scénarios. Mais aucun qui me permet de sortir d'ici.

— Demain après-midi Zan. Demain après-midi, je reviens. Et je m'occupe de toi !

C'est ce qu'il m'a lâché avant de sortir en m'enfermant de nouveau. Il avait une voix sombre à faire peur à un mort !

Encore plus tard — La nuit

Je voudrais que la nuit finisse. Je voudrais que la nuit finisse.

J'ai soif, j'ai faim. Et j'ai peur.

Pour la première fois, je me sens comme une enfant. Je suis trop petite.

Quand on est trop jeune, on ne devrait pas avoir aussi soif, aussi faim, aussi peur, toute seule à l'abandon dans la nuit.

Je voudrais que quelqu'un vienne me sauver.

Je voudrais que quelqu'un vienne me sauver.

Lendemain matin

Charles m'a encore apporté son plateau. Deux œufs, jambon, deux rôties. Pas touché ! Et pourtant, maintenant, je commence à avoir vraiment faim ! Tellement faim que je commence à manquer de forces ! Il y avait surtout un grand verre de lait, et j'ai encore plus soif que j'ai faim. Je suis angoissée. J'ai appris à la télévision qu'on pouvait bien se passer de nourriture assez longtemps. Plusieurs semaines. Mais on ne pouvait pas se passer de boire plus de trois jours. Sinon, c'est la mort. Et maintenant, cela fait presque trois jours que je n'ai rien touché.

Je commence à me sentir vraiment faible. Vraiment malade.

12 h

J'ai dû passer la matinée au lit. Trop faible.

Charles m'a apporté le repas du midi. Et surtout, un grand verre de jus bien froid. Qu'est-ce que je fais? Dex m'a dit qu'il s'occuperait de moi cet après-midi. Est-ce parce qu'ils auraient mis du poison dans la nourriture? Dans le jus? Ou peut-être un produit pour m'endormir, pour que je ne puisse pas me défendre?

Tant pis, j'ai trop soif... Et puis, je suis si faible..., je ne pourrais pas me défendre de toute façon. Il faut absolument que je boive quelque chose. Il faut que je boive. Quoi qu'il arrive!

Note de Sofi: fin de la transcription des notes de Zan

16 JUILLET
17 JUILLET
18 JUILLET

À mon l'appartement — 20 h 02

Madame Beck vient de partir. Elle vient tous les jours, depuis 3 jours. Depuis qu'elle m'a ramenée chez moi, à l'appartement. M'apporte un peu de nourriture. De l'eau en bouteille. Dit que l'eau du robinet n'est pas bonne à boire. Vérifie que maman va bien et, surtout, que je suis toujours zombie, endormie!

J'ai fini de recoller dans mon journal les notes de mon séjour chez Dex. Sofi a été gentille de faire le travail pour moi. Je n'avais pas vraiment le courage de les recopier moi-même. Et puis, je voulais voir si Sofi était toujours dans les vapeurs, aussi fatiguée et mal en point. Elle l'était. Une pauvre petite Sofi toute molle, qui marchait tête baissée comme si elle portait le poids de la planète sur ses minuscules épaules. Ils étaient tous comme ça à la sortie du SAS. Simon, Alexis et même Christelle!

Le lendemain de mon retour à la maison, quand madame Beck m'a ramenée de chez Dex, je suis allée retrouver Sofi en cachette à la sortie du SAS.

— Sofi, que je lui ai chuchoté.

Elle a pris un moment avant de me voir.

— Zan… que fais-tu? Il y a 3 jours que tu as disparu!

— Je sais Sofi… je sais… Je te raconterai. Est-ce que Filis est rentré au SAS?

— Non. Je ne l'ai toujours pas revu.

— D'accord. Écoute… j'ai un service à te demander.

— Vas-y!

Je lui ai lancé l'enregistrement et mes notes en vrac dans les mains.

— Est-ce que tu peux tout me recopier ça proprement, Sofi? C'est TRÈS important!

Elle a dit «Oui» tout de suite. Adorable, elle est, toujours prête à aider. En fait, en lui demandant de recopier mes notes, j'avais un espoir secret: j'espérais qu'elle se pose des questions, qu'elle commence à comprendre, elle aussi, que quelque chose tourne vraiment carré au SAS. Mais mon plan a échoué. Quand je suis allée la revoir aujourd'hui, elle avait tout recopié soigneusement, mais elle ne m'a posé aucune question. Elle a seulement ajouté que j'avais beaucoup d'imagination, que je devrais écrire des romans ! J'aurais aimé lui faire comprendre que tout était vrai, mais j'ai laissé tomber. Pour l'instant. De toute façon, je savais que madame Beck allait revenir à l'appartement et j'étais pressée de revenir. Surtout que la dame ne découvre pas que je me promène, le jour, sans le lui dire ! Jusqu'à maintenant, j'ai parfaitement réussi à les déjouer, elle et Dex, et je dois continuer à jouer la comédie !

L'idée de cette comédie m'est venue, le dernier jour, chez Dex. J'avais tellement soif ! Et il y avait ces grands verres de jus froids qui me regardaient, qui me tentaient !

Mais j'ai résisté, je n'ai pas bu. Je me doutais bien qu'ils auraient pu vouloir piéger la nourriture ou le lait. Quand madame Beck et Dex sont rentrés dans ma chambre, ce jour-là, j'étais couchée sur le lit. J'ai fait semblant de dormir.

— Elle dort, a dit Dex. J'espère que vous n'avez pas forcé la dose de médicaments, madame Beck. Trop de médicaments pourraient être dangereux pour elle, vous savez !

— Ne crains rien, Dex ! Réveille-la !

Il m'a secouée. J'ai ouvert des yeux endormis.

— Comment te sens-tu, Zan?, a demandé Dex.

— Toute drôle, j'ai fait d'une voix pâteuse. Dans une sorte de brume.

— Tout va bien, ne t'en fais pas! Tu as simplement trop dormi.

Tu parles!

— Viens Zan! On te ramène chez toi.

J'ai failli me trahir, exploser de joie. Mais je me suis retenue. J'ai simplement hoché la tête.

— D'accord, je vous suis.

Ils m'ont poussée doucement vers la porte. Mais, moi, j'avais une chose en tête. Ma mission avait échoué. Je ne rapportais rien de chez Dex, rien d'utile pour mon enquête. Elle n'avait pas avancé. Et je n'aimais pas ça. Je sens, de plus en plus, que je dois me dépêcher. Je sens que la santé de mes amis est en jeu. Alors pas question de ne pas trouver. Je me suis torturé le cerveau pour trouver quelque chose. Une idée. Que j'ai eu, enfin!

— Monsieur Dex, je... je voudrais passer une minute à la salle de bain. Est-ce que je peux?

J'avais l'air tellement morte qu'ils n'ont rien deviné.

— Bien sûr Zan. C'est par ici.

Tout en marbre la salle de bain! Du luxe au poil carré, chez Dex. Bon. Je n'avais que deux minutes ! Pas de temps à perdre. J'ai regardé autour. Rien. Tout est tellement propre, tellement bien tenu. Il n'y avait rien d'intéressant qui traînait. J'ai doucement ouvert la porte de la pharmacie. Alors, là, c'était mieux. Beaucoup mieux. Il y avait un tas de fioles, de petits contenants de médicaments. Je n'avais pas le temps de les examiner. De toute manière, je n'y connais rien en pilules. J'ai ramassé une petite boîte et je l'ai mise dans ma poche. Pour examen, plus tard. On ne sait jamais !

Et puis, je les ai sagement rejoints. En continuant de marcher comme un automate.

Ils m'ont ramenée chez moi dans la belle voiture de Dex. Depuis ce temps, madame Beck vient tous les jours me visiter. Elle grimpe les escaliers en soufflant comme une locomotive. Elle n'est vraiment pas très en forme ! Elle fait le tour de l'appartement avec des yeux de faucon. S'assure que je mange et que je bois bien ce qu'elle m'a laissé la veille et elle repart. Moi, tout le temps qu'elle est là, je fais celle qui ne bouge pas beaucoup de son lit. Je vais à l'ordinateur. Un peu. Mais je crois que ma comédie marche bien. Madame Beck est certaine que je suis vraiment faible et endormie du cerveau ! Alors, aujourd'hui, ils se sont arrangés pour rebrancher mon câble Internet. C'est ce que j'attendais depuis le début. Je vais enfin me remettre à fonctionner normalement !

À l'appartement — 22 h 34

Je travaille depuis deux heures à essayer de trouver le mot de passe de la page perso de Filis. Le bout de photo tout délavé que Sofi m'a remis. Elle a dit qu'il s'agissait de voyage, mais quoi? Il me semble que j'ai essayé toutes les combinaisons possibles!

Qu'est-ce que ça peut bien être?

Bagages ou vacances? Ou une ville? Paris? Ou encore Montréal? Flambeau? Lumière?

Chaque fois, j'essaie de rentrer le mot sur la page perso de Filis, mais rien ne fonctionne!

Essayons encore!

À l'appartement — 00 h 22

Ça y est! J'ai trouvé! Le mot de passe est: «Liberté»! 🖱 La statue de la Liberté! 🖱 À New York! 🖱 Filis a dû aller en vacances à New York et il a visité la statue de la LIBERTÉ!

Ça fonctionne, parfait! Je pense que je vais trouver sur la page perso de Filis le mot du mystère de sa disparition. Parce que, pas vrai, où est passé Filis? Et pourquoi a-t-il disparu?

Il faut que je sache!

À l'appartement — 1 h 10

C'est bien ce que je pensais! Aucune entrée de Filis sur sa messagerie depuis six jours! Depuis qu'il a disparu! Il a seulement dit, à la dernière entrée, qu'il ne se sentait pas bien. Mais j'ai tout de même trouvé un indice. Il a mis une photo de sa maison. Et ces petites maisons-là, entourées d'arbres, dans le quartier, il n'y en a pas beaucoup! Seulement sur la rue des Arbres, justement. Je vais aller faire un tour tout de suite.

Je m'habille, mets mes souliers, enfin ce qu'il en reste entre les trous..., et je ne sais pas pourquoi? L'instinct, l'intuition de filles peut-être? Peut-être est-ce que je commence à être prudente? En tout cas, juste avant de sortir, je jette un coup d'œil à la fenêtre. Et je vois! Je vois un homme, de l'autre côté, qui surveille la maison!

Oh! Je l'ai reconnu tout de suite! Rom. Il n'arrête pas de regarder chez moi. Comme quoi on peut être prisonnière, même dans sa maison!

Peux pas sortir. Pas envie, ce soir, de jouer les lapins qui détalent pour ne pas me faire suivre!

Il vaut mieux retourner à l'ordinateur. J'imprime une des photos qui étaient dans mon téléphone portable. Celle du numéro de la plaque d'immatriculation de l'auto de l'inconnu en noir qui hante le SAS!

Trop fatiguée pour envoyer, ce soir, la photo numérisée à Lostmax! Demain!

19 JUILLET

À l'appartement — 9 h 10 — Catastrophe !
Élixir ! Élixir ! Mauvais garçon ! Je ne l'ai même pas entendu cette nuit ! Il a profité de mon sommeil pour déchirer la photo que j'avais imprimée hier soir ! Il est en train d'en manger des morceaux ! Le numéro de plaque de l'homme en noir est devenu illisible !

Qu'est-ce que je fais ? Je tords le cou d'Élixir ?

Non. Évidemment ! Mais ce n'est pas l'envie qui me manque ! Et dire que je voulais partir tout de suite, profiter du fait que Rom est sûrement au SAS et madame Beck ne viendra pas avant cet après-midi.

J'aurais tellement aimé savoir d'où vient le bonhomme à la mine noire ! Et pour ça, son numéro de plaque aurait pu être utile.

Ah ! Je sais ! J'ai une idée. Je numérise vite les morceaux de la photo, les mets sur mon site.

ZAN ÉCRIT À LOSTMAX :
Hé !
Voici un petit casse-tête ! Tout en morceaux déchirés !
Essaie de remettre les morceaux dans l'ordre. C'est un numéro d'immatriculation. J'attends ta réponse !

Voilà le travail ! Et moi, je sors !

Belle rue. Pas belle comme celle de Dex, évidemment! Mais il y a de belles petites maisons au toit pointu, avec de gros arbres partout. C'est joli! Mais bon, je n'ai pas le temps pour une promenade d'admiration! Il faut que je trouve la maison de Filis. Et ces maisons-là, malheureusement pour moi, elles sont toutes pareilles!

Bon, bien, je n'ai pas le choix. Je vais sonner à toutes les portes!

Première porte!

— Bonjour madame. Je suis une amie de Filis! Et je le cherche.

— Pas ici.

Et elle me claque la porte au nez!

Deuxième porte.

— Bonjour madame...

Même scénario.

On continue!

11 h 24

J'ai sonné à toutes les portes!

J'en ai le doigt tout électrique!

Douze portes, ou plutôt douze dames ou messieurs, qui ne connaissent pas Filis. Et six portes, pas de réponse. Et toujours pas de Filis. Inconnu au bataillon.

Je reste plantée là comme un zigoto au milieu de la rue des Arbres! Je ne sais plus où continuer!

Je suis revenue à l'appartement! Pas trop le choix. Je ne savais plus où aller ni quoi faire. J'ai regardé mes courriels en rentrant. Rien. Aucune réponse de personne. Ils sont tous occupés. Ou ils ne peuvent pas m'aider. Ou toutes ces réponses!

Je dois m'avouer quelque chose. Je commence à être déprimée. Je ne sais plus quoi faire! Et je commence à penser que je me suis embarquée dans une aventure beaucoup trop grande pour moi.

Je tourne en rond. Et la seule nouvelle qui m'attend, c'est la prochaine visite quotidienne de madame Beck dans quelques heures! Pas réjouissant!

Je suis découragée! Complètement découragée.

Je m'approche de maman. Elle a beaucoup de difficulté à dormir ces temps-ci. Mais là, elle s'est endormie. Je fais quelque chose que je ne fais presque jamais. Sauf quand j'ai vraiment le moral à terre. Je me couche à ses côtés, avec Élixir dans mon cou.

Elle ne parle pas, maman. Elle ne me voit peut-être même pas. Mais elle est chaude quand même. Et la chaleur, la vraie chaleur d'une maman est la seule chose qui réconforte!

Je me suis endormie ! Je m'endors l'après-midi seulement quand je suis déprimée !

Mais quand même, je me sens mieux et mon cerveau recommence à fonctionner. La preuve, il me vient une idée !

Je ne mange rien de ce que m'apporte madame Beck. Parce que je crains qu'elle ne mette quelque chose dedans. Quelque chose qui me rend amorphe. Mais peut-être que ce n'est pas dans la nourriture ? Peut-être que c'est autre chose ? Peut-être est-ce une piqûre que je ne sens pas ?

Je me déshabille vite fait ! Je m'examine sous tous les angles dans le miroir. Rien. Je ne trouve rien. Non ! Ça ne doit pas être une piqûre !

Alors, peut-être que c'est dans l'air ? Peut-être qu'elle vaporise un produit dans l'air ?

Comment le savoir ? Mais l'idée continue de me hanter. Quelque chose dans l'air ?

Et pourquoi pas ? Et tout à coup, je revois le SAS, cette brume que les gros ventilateurs n'arrêtent pas de souffler sans arrêt. Rom dit que c'est pour l'ambiance, pour faire mystérieux et cirque. Mais si ce n'était pas vrai ? S'il y avait quelque chose d'injecté dans cette brume-là ?

Et tout à coup, il me revient une autre idée. J'avais oublié ! La boîte de médicaments que j'ai trouvée chez Dex ! Je la retrouve dans ma poche. Ratrol.

Connais pas. Dans toute la panoplie des pilules de maman, je n'ai jamais vu ce nom-là.

Je devrais faire la recherche sur *Troouve*. Mais je ne sais pas pourquoi, je suis découragée. Et tout ça m'apparaît si compliqué !

Je me force un peu.

Je vais au moins le mettre sur le Web. Ils chercheront encore pour moi. Décidément, je vais bientôt ouvrir une véritable boutique de questions-réponses — appel à tous sur ma messagerie !

ZAN ÉCRIT À TOUS :
```
Encore moi, les amis… Ratrol, des
pilules, ça vous dit quelque chose?
Peut-être sur Troouve?
```

16 h 35 — La voilà !

— Bonjour madame Beck.

Elle est venue plus tôt aujourd'hui. Je joue encore celle qui est à peine capable de bouger. Je la sens qui m'examine avec ses petits yeux gris. Si tu penses que tu vas découvrir que je te joue la comédie de la fille endormie, tu te trompes, madame Beck !

D'habitude, je reste assise quand elle est là, histoire de bien lui montrer que je n'ai pas d'énergie. Mais cette fois, je la suis partout. À plusieurs pas de distance. À cause des piqûres ! Mais je la suis partout, à cause de la vaporisation dans l'air. On ne sait jamais ! Je veux la surveiller tout le temps !

— Tu vas retourner au SAS, Zan. Demain.

— Je me sens fatiguée. Je n'ai pas envie.

— Envie ou pas, tu dois t'occuper. Tu as l'air parfaitement en forme.

Tu parles ! Pour elle, peut-être. Mais une Zan amorphe, qui ne pose pas de questions, qui n'est pas curieuse et qui reste étendue au lit, ce n'est pas une vraie Zan !

— Comment avance la musique, Zan ? La musique du spectacle ?

— Elle n'avance pas. Je n'ai aucune inspiration.

— Oui. C'est un effet secondaire malencontreux.

Elle fronce un peu les sourcils. Et moi, je les fronce beaucoup, à l'intérieur de ma tête !

Un effet secondaire ? Quel effet secondaire ? Comme pour les médicaments ? Je le sais, à cause de maman qui en prend beaucoup. Ils ont des effets secondaires malencontreux, m'a déjà expliqué le médecin. Ce qui signifie des effets qui ne font pas du bien, qui feraient même plutôt du mal. Tiens, qu'est-ce que madame Beck a voulu dire ? Et pourquoi est-ce qu'elle a eu l'air soucieuse ?

— Peu importe, inspiration ou pas, Zan, tu dois retourner au SAS. Rom se servira de musique toute faite si tu n'es pas capable d'en écrire toi-même!

Pas capable! Pas capable! Non mais!... Le jour où j'arrêterai de faire de la musique, des chansons et... des dessins..., ce jour-là, je préférerai mourir! Qu'est-ce qu'elle veut, celle-là? Que je devienne une morte-vivante?

Je me calme. Je ne vais pas arrêter d'écrire, moi, je le sais, mais l'important, c'est qu'elle ne se doute de rien. Qu'elle ne doute pas que je sois complètement éteinte. Et, visiblement, elle a l'air satisfaite! Pour être éteinte, je joue la comédie du complet éteignoir!

— Zan, tu as bien mangé et bu ce que je t'ai apporté hier?

— Oui madame Beck. J'ai tout fini!

— Parfait. Donne-moi les plats, s'il te plaît!

— C'est... c'est qu'ils sont dans la cuisine!

— Eh bien! Va les chercher! Allez grouille-toi!

— Vous ne voulez pas venir avec moi?

— Qu'est-ce que tu as tout à coup? Je suis très bien ici, dans le salon! Allez va! Je t'attends.

Je me dirige à contrecœur vers la cuisine. Je ne voulais pourtant pas la lâcher des yeux aujourd'hui. À cause de la vaporisation dans l'air. Mais elle est maligne, la madame Beck.

J'ai beau me dépêcher, rien à faire. Je l'ai quand même laissée quelques secondes toute seule. Quelques secondes de trop. Si elle avait un plan, elle a eu le temps de le mettre à exécution. Zut!

— Voilà madame Beck! Les plats sont tous vides, vous voyez? J'ai tout mangé.

— Très bien, Zan. Je suis très contente! Je m'attends donc à ce que tu sois au SAS demain matin.

— D'accord, je dis, avec le plus gros soupir que je suis capable de pousser!

Elle finit enfin par s'évacuer de chez moi! Je suis de nouveau toute seule. Il était temps.

Je vais vider la nourriture de madame Beck au fond de la poubelle. Et je remplis l'arrosoir avec l'eau qu'elle m'a apportée. Depuis deux jours, j'ai en effet décidé de m'amuser un peu. Je monte au troisième, je cogne.

— Zan!

— Bonjour madame Ursule! Je suis venue arroser vos fleurs! Vos magnifiques géraniums rouges.

— Tu les aimes, toi aussi?

Elle devient presque aussi rouge de plaisir que ses géraniums.

— Justement, monsieur Paige, tu sais Zan, le voisin, en face...

— Je sais oui. Et je souris! Il vous a parlé de vos géraniums, monsieur Paige?

Je fais l'innocente!

— Eh bien! Justement oui. Et il me disait combien il était content que j'aie décoré mon balcon. Il dit que c'est très joli, vu de chez lui. Et...

Elle rougit encore plus ! Une vraie jeune fille ! À moustache !

— ... Et, je fais.

— ... Et il m'a dit qu'il m'inviterait chez lui. Pour voir l'effet de mon balcon, vu de chez lui !

— Mais c'est extraordinaire, madame Ursule ! Il est vraiment gentil, monsieur Paige !

— Oh ! C'est un vrai monsieur ! Un vrai. Tu l'as vu ? Il a toujours un beau costume et une jolie cravate assortie. Et une si belle moustache !

Ouais !...

— Bon bien, je vais arroser les géraniums...

Et je file sur le balcon avec mon arrosoir ! Remarquez, je n'ai pas tort de m'occuper de ses fleurs ! Elle n'est pas très douée sur les soins aux fleurs, la pauvre madame Ursule. Si je ne les arrosais pas, je crois bien qu'elles flétriraient assez vite ! Maman, elle, quand elle était encore bien, je me souviens, même si j'étais petite...

Bon. Je m'arrête de penser au bon vieux temps. Ça me donne, à chaque fois, comme une boule dans la gorge...

À l'appartement — 18 h 24

J'ai lu mes courriels. Aucune réponse. Rien. Ni au casse-tête qu'Élixir a déchiré, le fameux numéro de plaque d'immatriculation, ni sur le

Ratrol! Rien de rien! Tout est pourtant sur le Web! Tout le monde m'oublie! Même Lostmax.

Si je ne sors pas de l'appartement un peu, je vais devenir folle. On ne peut pas rester enfermée toute sa vie dans un quatre et demi! J'espère que Rom n'est pas encore sur le trottoir, à me surveiller!

Je regarde par la fenêtre. Il n'est pas encore à son poste d'observation. Mais je sais qu'il reviendra. Je le sens. Simplement, il a dû être retenu au SAS.

Pas de surveillance de Rom. Bon temps pour sortir!

Rue des Arbres — 20 h 40

J'ai résonné à toutes les portes de la rue des Arbres. Toujours pas de Filis. Il est vrai qu'il y a encore des maisons vides. Quant aux autres... celles que j'avais déjà visitées dans l'après-midi, alors là! C'était souvent les mêmes dames ou messieurs qui m'ont encore répondu. Je n'écrirai pas ce qu'ils m'ont dit! Ils m'ont tous prise pour quelqu'un qui n'a pas toute sa tête... ou pire! Il y en a même deux qui ont menacé d'appeler la police si je revenais! Je ne reviendrai pas, ça, c'est sûr!

Bon. Mais toujours pas de Filis! Je commence à être sérieusement arrêtée! Et puis, quand je vais rentrer à l'appartement, je risque de tomber sur Rom qui est revenu me surveiller! Ça ne me réjouit pas. Pas du tout! Et si j'allais un peu me remonter les esprits! Oui, bonne idée! Direction, rue des magasins.

Je n'ai jamais eu beaucoup d'argent. Mais j'ai toujours aimé regarder les beaux vêtements. Moi, je suis toujours habillée avec des vieilles jupes ou des pantalons que madame Ursule me rapporte du bazar bon marché. Toujours à la mode... d'il y a trois ans! J'ai toujours l'air d'un vieux portrait! C'est d'ailleurs une des raisons qui fait que ceux de la bande à Lazarr se moquent toujours de moi! Mais ça ne veut pas dire que je n'apprécie pas les nouveaux vêtements! Les beaux chandails qui brillent! Et, encore plus! Les chaussures! De toutes les couleurs. J'adooooore les chaussures, les bottines, les baskets! Tout!

Me voilà justement en arrêt devant la vitrine du magasin de chaussures. Fermé. Remarquez! Ça tombe bien qu'il soit fermé, je n'aurais pas d'argent de toute façon! Mais ce qu'ils sont jolis, les nouveaux souliers cet été! Mieux encore, j'avise au milieu de la vitrine... Oh! Que c'est beau! Des petites bottes rouges. Rouge vif! De magnifiques petites bottes rouges avec des talons tout jolis! Il me semble que je serais magnifique juchée sur ces talons rouges-là! Il me semble que... Je ferme les yeux, juste pour m'imaginer!

Et je suis faite prisonnière! On m'agrippe par derrière! J'ai les bras encerclés par des bras puissants qui me retiennent. Des bras! Non.

Pas des bras.
Des jambes !
Non !

21 h 15

— Mais où étais-tu passé Filis ? Il y a des jours
que je te cherche !

On s'est réfugiés dans un casse-croûte, et Filis
m'a payé un lait fouetté à la banane. Délicieux !

— C'est bizarre, Zan, ce qui m'est arrivé ! Je
me suis senti de plus en plus fatigué... Pendant
des jours et des jours ! J'ai téléphoné à Rom. Je
lui ai dit que je ne pouvais plus aller au SAS pour
quelque temps.

— Ce ne serait pas plutôt Rom qui t'a demandé
de rester loin ? Rappelle-toi, la dernière fois que
l'on s'est vus, toi et moi, c'était avec l'épisode des
chats morts et que tu as enterrés... Et Rom t'avait
regardé d'une drôle de façon ! Tu te souviens au
moins ? Les chats morts ?

— C'est ça qui est bizarre, Zan... Je ne me
souviens de rien ! Comme si on avait effacé tout
un pan de ma vie ! Les derniers jours en tout cas !
Je n'ai jamais eu ce problème ! Je ne pouvais
même plus monter dans les soies ! Je suppose
que j'ai eu un mauvais virus !

Un mauvais virus, tu parles d'un mauvais
virus ! Pas attrapé par hasard en tout cas ! J'examine mieux Filis. J'ai devant moi... J'ai devant
moi, il me semble, le premier Filis... celui des

premiers jours au SAS, celui qui avait les yeux brillants, les cheveux dans les yeux et le corps tout en caoutchouc.

Est-ce que je peux lui faire confiance? Je ne suis pas sûre. Parce qu'il m'a trahie déjà une fois! Je n'oublie pas qu'il est celui qui a enterré les chats à un endroit que je n'ai jamais retrouvé! Si je lui raconte tout, est-ce qu'il va me trahir encore? Cruel dilemme, comme disait... comme disait je ne sais plus qui, dans je ne sais plus quel film... Hamlet? Le Hamlet ou le film Roméo et Juliette? Roméo et Juliette de Shakespeare! Que j'ai dû regarder au moins 30 fois! En pleurant à chaque fois! Mais bon! Hamlet, il disait: « Être ou ne pas être! Pas: cruel dilemme! » En tout cas, c'est ce qu'ils disaient sur Troouve!

Bon, je m'égare! En fait, je gagne du temps dans ma tête en examinant Filis. Il sirote son lait fouetté au chocolat. Il fait exprès de se faire une moustache brune au-dessus des lèvres. Juste pour me faire rire. Je lui fais confiance ou pas? Et ces mots-là, ce n'est pas du Shakespeare! C'est du pur Zan!

— Comment te sens-tu maintenant, Filis?

— En super forme!

— Et ta tête? Elle est comment, ta tête? Elle s'est toute retrouvée?

— Ma tête?

Et il la secoue, et ses cheveux lui couvrent les yeux. Il est quand même pas mal! Du style, c'est certain. Bon, mais ce n'est pas le style qui va me donner la réponse à mon dilemme, confiance ou pas ! C'est la capacité de Filis à m'aider. Et ça, je n'en suis pas encore convaincue. Parce que, pas vrai, mieux vaut continuer toute seule plutôt que de se faire trahir de nouveau !

La serveuse revient. Je prends un autre lait fouetté. Aux fraises ! Il faut des fruits, me dit toujours madame Ursule ! Et ça me permet de continuer à surveiller Filis. Il est, comme on dit, sous ma loupe !

00 h 24

— Tu vois Filis ! Il est encore à son poste ! À rôder sous mes fenêtres.

J'ai décidé... décidé de faire confiance à Filis. Il avait l'air « retour à la normale ». Et j'ai de plus en plus le sentiment de ne pas pouvoir m'en sortir toute seule de cette histoire.

Je l'ai donc ramené à mon appartement. Nous nous sommes cachés en tournant le coin. Bien fait. Parce que, bien sûr, Rom était devant chez moi !

— Tu as raison, Zan ! C'est tout de même bizarre qu'il soit là, à minuit, à te surveiller !

— C'est ce que je n'arrête pas de te dire, Filis ! TOUT est bizarre ! Bon, il faut rentrer chez moi. Si je veux tout t'expliquer, il faut rentrer. Mais c'est mieux que Rom ne te voie pas entrer avec moi.

— Tu as raison, Zan. Qu'est-ce qu'il dirait s'il nous voyait traîner dans la rue à minuit ?

Je le regarde. Il a un sourire narquois.

— Filis ! Idiot ! C'est pour nous protéger ! Et garder notre secret ! Tu ne me crois donc vraiment pas ! Je me suis fait enlever par Dex ! Tu ne crois pas que c'est sérieux ?

— Oui. Peut-être ! Je jugerai quand tu me montreras ! En attendant, on peut passer par derrière ?

— Toi, tu passes par derrière. Je t'ouvrirai rendu là-haut ! Moi, je fais semblant de rien. S'il ne me voit pas rentrer, il aura des soupçons !

— Des soupçons ! Tu joues vraiment au roman, Zan !

Je serre les dents, mais je ne dis rien ! Que les gens peuvent être têtes de pioche parfois ! Dès qu'on sort de la petite vie normale, et sans histoire, ils ne croient plus rien. Comme si la vie ne pouvait pas être étrange !

Je fourre les mains au fond de mes poches avec un rien d'énervement, et je rentre lentement chez moi.

Je n'ai pas eu à raconter d'histoires à Rom ! Il s'est caché dès qu'il m'a vue approcher ! Parfait ! Un mensonge de moins à mon actif ! C'est toujours ça de pris !

4 h 08

Filis vient de partir.

Je lui ai tout dit, tout montré. Maintenant, s'il me trahit de nouveau, je ne suis pas mieux que morte.

Il a eu l'air de me croire. Je ne sais pas. Je ne suis pas certaine. En tout cas, une chose est sûre. Il sait maintenant que moi, je joue la comédie. Que je ne suis pas du tout aussi éteinte que j'en ai l'air. Et que je continue de faire enquête. Si Filis me dénonce à Rom... ou à Dex !...

Je le saurai bientôt. Nous avons convenu, tous les deux, que nous nous pointions au SAS demain matin. Dans quelques heures.

La clé du mystère est au SAS. Je dois y retourner. Peu importe le danger. Le danger qui vient de Rom et de Dex. Le danger qui peut venir, il faut que je l'admette, de Filis !

Une dernière chose à faire avant d'aller dormir quelques heures.

Zan écrit à Lostmax :

Je viens, cette nuit, de faire confiance à un ami. Un ami qui m'a déjà trahie. Je ne sais pas ce qu'il fera. Mais si je disparais encore, si tu n'entends plus parler de moi, je veux que tu continues l'enquête. C'est trop important. J'ai des amis dans cette pseudo-école de cirque. Je ne veux pas qu'il leur arrive un

malheur. Aucun ne mérite ça. Et puis, qui sait? Si je disparais encore, peut-être pourra-t-on me retrouver avant qu'il ne soit trop tard?
Voilà tes instructions:

1. J'ai trouvé une bouteille de médicaments appelée Ratrol chez Dex. Pas eu le temps de chercher ce que c'était. Je l'ai demandé à mes amis. Aucune réponse d'eux. Essaie de trouver ce qu'est ce médicament.

2. J'ai enfin reconstitué la photo déchirée par Élixir. La photo avec le numéro de plaque. Le numéro de la plaque est le X22X 1654. Tu n'aurais pas un oncle ou quelqu'un qui pourrait nous dire à qui appartient cette voiture?

3. Je suis certaine qu'au SAS, ils nous donnent un produit qui nous assomme. Mais je ne sais pas lequel et surtout je ne sais pas COMMENT nous le prenons. Je vais essayer de le découvrir.

C'est tout pour cette nuit. Je compte vraiment sur toi, Lostmax. Même si je ne sais pas qui tu es!... Peut-être fais-tu partie de la conspiration, toi aussi?

20 JUILLET

Au SAS – 10 h 24

Le SAS est transformé! Enfin, un peu. Il est arrivé toutes sortes de nouvelles structures de métal, des ballons, des nouveaux trapèzes. Et des gradins. Maintenant, la salle d'exercice est transformée en salle de spectacle! Un cercle au centre et des bancs tout autour. Malgré tout ce qui va mal, je vois que la préparation du spectacle continue.

Le perchoir que je m'étais aménagé avant, avec mon fil Internet, a disparu. Il est remplacé par les gradins. Il faut que je me réinstalle et je redemande de me brancher, en en faisant semblant d'avoir l'air inerte. En continuant de jouer ma comédie. Pas facile!

Au SAS — 12 h

Pas moyen de me rebrancher.

J'ai tout essayé, je suis allée voir Rom, et je lui ai dit que j'avais absolument besoin de mon fil.

Non catégorique. Et non seulement il a refusé, mais il ne me quitte pas d'une semelle. L'homme en noir non plus. Il s'est installé juste derrière moi, dans les nouveaux gradins. Il surveille mes moindres pas. J'ai même peur qu'il puisse lire sur mon ordinateur. Je me retourne, vérifie. Non, je ne crois pas qu'il le peut.

Être débranchée de ma messagerie ne m'arrange pas du tout. J'avais prévu écrire à Lostmax et à mes amis très souvent. Pour garder le contact. Pour qu'ils détectent tout de suite si je disparais ou non. Mais là, impossible.

Rien à faire. Je vais aller m'entraîner aux soies avec Filis.

Au SAS — 14 h 58

Nous avons grimpé au sommet des soies. Filis sur la sienne et moi... et moi aussi... je suis comme un singe... au haut de son arbre ! J'ai le cœur qui bat ! Mais le cœur qui bat de bonheur ! Je suis au sommet du monde !!! Je n'ai même plus peur ! Plus peur des hauteurs ! Et je découvre que je suis agile... agile comme un singe justement !

Et ce qu'il y a de bien, là-haut, c'est que personne ne peut entendre de quoi Filis et moi discutons.

— Filis, il faut absolument activer le plan que nous avons décidé hier soir. Je dois absolument me rendre jusqu'à l'ordinateur de Dex, dans le bureau, et examiner ses fichiers. C'est le seul moyen de trouver des renseignements.

— Je sais Zan. Je sais. Mais comment veux-tu y arriver ? Dex ne décolle pas une seule seconde de son bureau, et les autres sont toujours sur tes semelles ! Tu veux qu'on essaie de demander l'aide des autres ?

Je les regarde tous. Sofi, Alexis, les acrobates... Je me demande...

— Non Filis. Je ne crois pas que ce serait une bonne idée. Pour l'instant, ils sont tous sous le contrôle de Rom, et tous endormis. Ils pourraient nous trahir, même sans faire exprès.

Et je n'ajoute pas que je crains encore, quelque part au fond de mon cœur, que lui-même Filis, me trahisse !

— Écoute ! J'ai une meilleure idée, Filis ! Tu vas créer une diversion. Tu grimperas aux nouvelles structures de métal et aux murs, avec les acrobaties les plus compliquées que tu peux inventer. Et puis, au bout d'un moment, tombe. Tombe en criant de douleur. Ils vont tous courir vers toi, et je pourrai me glisser sans être vue !

— Tu es folle, Zan !

— Non. Tout ce qui compte pour que le plan fonctionne, c'est que tu hurles de douleur suffisamment longtemps pour me donner le temps de regarder dans l'ordinateur. Ils vont tous être occupés autour de toi... Et je pourrai ouvrir les fichiers qui m'intéressent.

— Tu es certaine, Zan ? Il me semble que c'est risqué !

— C'est la seule solution, Filis. Allez ! Vas-y maintenant ! Et oh ! Filis !

Il avait commencé à descendre de son fil.

— Quoi ?

— Ne te fais pas vraiment mal !

— Idiote !

Il se remet à glisser, il fait la super chute, celle qu'on appelle l'« hélice » ! Ça, c'est vraiment époustouflant ! Mais bon, passons !

J'attends encore un moment. J'ai les mains qui commencent à me brûler sérieusement ! Mais j'arrive à tenir encore un moment. Je vois Filis s'approcher des structures, les examiner et...

... Ça y est ! Il est parti ! Des bonds de géant sur le trampoline ! Wow ! Ce qu'il est beau à voir ! Des saltos arrière avec des vrilles en plus, des sauts de barre en barre, des allers-retours sur le mur !

Je descends vite, moi aussi, de mon fil. Pas en hélice ! Je ne sais pas encore le faire ! Filis est si spectaculaire dans son numéro, que tous se sont arrêtés et se sont approchés de lui, admiratifs ! Parfait ! Ils m'ont dégagé une voie de passage ! Je me glisse vers le gros ventilateur et je refais le même truc que la dernière fois. Je retourne la grosse bête qui crache la brume vers les marches et le bureau vitré. Comme ça, au moins, je serai un peu plus cachée !

Bang ! Je me retourne. Filis vient de glisser d'une barre haute et est tombé. J'ai juste le temps de penser qu'il aurait pu choisir une barre moins haute pour tomber. Il aurait quand même pu se faire mal pour vrai de là-haut. Bon. Filis sait ce qu'il fait. Je l'entends qui hurle. Tous se précipitent vers lui, qui gémit à terre.

Je me précipite aussi, mais moi, direction escalier. J'ai juste le temps de me cacher. Dex passe devant moi, en traînant sa patte pour aller vers Filis. Parfait. Mon plan fonctionne. Je me précipite en haut des marches. Je me retourne. Tout le monde est occupé. J'ai juste une chose qui me chiffonne. Filis a arrêté de crier. Je lui avais pourtant dit de me donner du temps. Tant pis. Je suis ici, je fonce.

Je fonce dans le bureau. Et je me trouve illico dans les deux bras de l'homme en noir !

Hôpital-de-la-Merci — 20 h 22

Je regarde Filis. Il est étendu sur la civière de l'hôpital. Il a toujours les yeux fermés. Est-ce qu'il fait encore semblant ? Moi, je griffonne dans mon journal, en attendant la suite. Rien de mieux à faire ! Et puis, je suis sous constante surveillance. L'homme en noir est assis à côté de moi et il fait le gendarme.

Tout est allé très vite au SAS, cet après-midi quand Filis est tombé. L'inconnu m'a attrapée, sans dire un mot, m'a fait asseoir sur une chaise. J'ai pu voir tout ce qui se passait en bas. Filis qui ne bougeait plus, qui ne criait plus. L'ambulance qui est arrivée. Les ambulanciers qui ont mis Filis sur la civière.

Dex est remonté dans son bureau, m'a vue tout de suite.

— Elle est remontée, a expliqué l'inconnu noir.

— J'ai voulu téléphoner, monsieur Dex.

J'ai parlé avec la voix la plus éteinte possible. Et mon cerveau carburait à mille kilomètres à l'heure. Trouver une explication pour être encore venue dans le bureau de Dex.

— Et à qui voulais-tu téléphoner, Zan?

— À la police... enfin à l'ambulance!... J'ai vu Filis tomber et...

— C'est faux, intervient l'homme noir. Elle est arrivée ici au moment où Filis tombait. Elle savait déjà qu'il tomberait. Je crois que tout était arrangé entre eux...

Hummm... Il faut que je trouve autre chose. Sinon, il n'y a pas que moi qui suis dans la soupe de problèmes. Filis aussi.

— D'accord. Je vous ai menti. Mais je voulais VRAIMENT téléphoner! La vérité, c'est que je voulais appeler madame Ursule. C'est celle qui garde maman le jour. Je voulais la prévenir que je rentrerais plus tard.

— Pourquoi?

— Parce que... parce que...

— Parce que?

— Parce que Filis et moi, on avait envie de passer un peu de temps ensemble! Voilà pourquoi! Filis voulait m'amener au casse-croûte...

... Et là, j'ai dit une stupidité !

— Filis voulait me payer un lait fouetté... aux bananes !

Plus idiot que ça, tu meurs !

Dex m'a regardée, et j'ai eu la nette impression qu'il ne me croyait pas du tout. Moi, j'ai fais la nulle, j'ai regardé les pieds de ma chaise, ses pieds à lui, mes pieds... bref, tous les pieds possibles.

— Bon, a-t-il fini par conclure. Nous verrons cela plus tard. En attendant, surveillez-la. Nous allons tous suivre Filis à l'hôpital.

Ils m'ont poussée vers le bas de l'escalier. Et là, il s'est passé quelque chose de bizarre. J'étais à côté de la civière. Filis a ouvert les yeux. Il a fait un clin d'œil. Oui, un clin d'œil plein d'énergie.

Sauf que ce clin d'œil, je suis certaine qu'il ne m'était pas adressé. Il était adressé à l'homme en noir derrière moi.

Depuis ce moment, je ronge mon frein à l'hôpital. Filis m'a donc encore une fois trahie ! Il a cessé de crier trop tôt. Juste assez tôt pour que je me fasse pincer. Me fasse prendre...

Méchant !...

Hôpital-de-la-Merci — 22 h 25

— Il a subi une petite commotion cérébrale.

Le médecin est enfin revenu ! Ça tombe bien ! Je n'ai plus rien à écrire dans mon journal et je suis à deux secondes de dévorer l'homme en noir tellement il me tombe vraiment sur les nerfs. Le médecin tient tout un tas de radiographies, le cerveau de Filis! Il est assez petit, le cerveau de Filis!

— Vous voyez, continue le médecin qui s'adresse à Rom et à Dex. Aucune fracture du crâne.

Moi, je ne vois rien. Qu'une masse grise informe. Mais, bon, il doit savoir de quoi il parle, ce médecin!

— Que fait-on docteur?, demande Rom.

— Rien. Simplement l'empêcher de grimper pour quelques jours!

Je regarde Filis, derrière la fenêtre de la salle. Le méchant!

— Je peux aller voir Filis quelques secondes? S'il vous plaît, Rom?

— Vas-y!

Je m'approche du méchant! Ma colère est à son comble. Qu'est-ce qu'il gagne donc à trahir ses amis comme ça? Il n'y a rien que je déteste plus que lorsqu'on trahit ma confiance.

— Espèce de..., je commence.

Il m'arrête.

— Tais-toi. Ils arrivent. Viens me voir! Cette nuit. 640, rue des Arbres.

— Mais...

— Tais-toi et viens!

Ça y est. Rom est enfin parti. Il m'a ramenée à l'appartement. Mais il a continué à faire les cent pas sous ma fenêtre. Maintenant, la voie est enfin libre.

Je sors. Par derrière. On ne sait jamais.

Les rues sont désertes. Il y a eu un autre super orage tout à l'heure. Les gens sont rentrés chez eux. Peuvent pas dormir. Il fait trop chaud. Il fait tellement chaud. Ou est-ce que j'ai si chaud parce que j'ai peur ?

C'est la première fois que mon quartier me fait peur. C'est vrai que les maisons sont croches. Il y a des ruelles sombres à tous les dix pas, des terrains vagues et des édifices en ruine. Des maisons inhabitées. Des maisons incendiées qu'on n'a jamais démolies. Des raccourcis coupe-gorges pour aller sur les quais, dans le port.

Je trouve la route longue jusque chez Filis. Et toujours, j'en suis sûre, j'entends des pas qui me suivent. Pourtant, chaque fois que je tourne la tête, je ne vois rien. Et tout à coup, il me vient une idée horrible ! Et si Rom n'était pas vraiment parti ? Et si, au contraire, il a deviné que je sortirais par derrière ? Et si...

Et si... et si !... Tous les scénarios me passent par la tête. Parce que, cette fois, s'ils m'attrapent encore, je ne pourrai plus mentir. Il faudra bien que j'avoue que je continue à chercher. Qu'est-ce qu'ils ont fait à ce fameux Louis Champa qui a dû si bien se cacher que personne, même Dex et madame Beck, ne peut le retrouver ? Qu'est-ce qu'ils lui ont fait pour qu'il ait si peur qu'il est devenu introuvable ?

Je me sens tout à coup super petite dans la basse-ville, toute noire et pleine de coins dangereux. Je tremble. Et il n'y a pas que Rom et les autres ! Il y a aussi tous les mauvais garçons qui traînent la nuit, ceux de Lazarr et les autres. Des hommes furtifs, qui, j'en suis sûre, font des mauvais coups et ne veulent pas être vus ! Tout à coup, mon quartier m'apparaît comme un endroit vilain.

Bon. Je n'ai quand même pas le choix. Il faut que je me rende chez Filis. Il veut me parler. Et moi, je veux trouver ce qu'il me cache !

Je décide, malgré ma peur, de passer par les ruelles. Même sombres. Pour déjouer Rom, s'il me suit.

C'est idiot, que je me dis, avant d'emprunter ma première ruelle. J'aurais dû apporter mon nouveau téléphone cellulaire. J'aurais pu rester en contact avec quelqu'un, dire où j'étais, par où je passais.

Mais rester en contact avec qui ? Madame Ursule ? Elle a du mal à s'occuper d'elle-même !

Je me suis jamais rendue compte à quel point j'étais vraiment toute seule dans la vie ! Personne à qui téléphoner !

— Mais Zan! Puisque je te le dis que je te crois maintenant!

Il y a bien vingt minutes qu'il essaie de me convaincre qu'il ne m'a pas trahie! Mais je doute encore! Pas facile de la berner, la petite Zan!

— Et pourquoi as-tu cessé de crier avant le temps, comme je te l'avais demandé?

— Mais parce que je me suis VRAIMENT fait mal, Zan. Je me suis salement cogné la tête et je suis tombé dans la brume! J'étais VRAIMENT sonné!

— Et ce clin d'œil? Tu l'as bien fait à l'homme en noir!

— Oui... puisque je te le dis! C'était pour te protéger. C'est précisément parce que je l'ai vu s'occuper de toi plutôt que de venir à mon secours, comme tous les autres, que j'ai compris que tu avais raison! Zan! Tête de pioche! TOUS les adultes normaux seraient venus me secourir. Pas lui! Il t'a plutôt séquestrée, là-haut! Ce n'était pas normal!

— Et pourquoi tu lui as fait ce fameux clin d'œil?

— Mais pour TE protéger! Parce que je savais que tu ne pourrais jamais inventer un mensonge assez solide pour le convaincre. Alors, j'ai fait semblant d'être de son côté, pas du tien. J'ai exactement joué la comédie qu'il attendait de moi. Je t'ai protégée, Zan!

— Bon. Disons que tu dis vrai. Et est-ce que tu me crois maintenant ?

— Je crois que tu as parfaitement raison. Il y a quelque chose de pourri au SAS. Un secret qui est en train de tous nous empoisonner. Ce qui continue de m'étonner, c'est la raison pour laquelle, toi et moi, on échappe à … à cette malédiction. Pourquoi est-ce qu'on continue à être nous-mêmes… alors que les autres, Sofi, Simon, Alexis, restent complètement endormis ? On dirait que tous les deux, nous sommes… invincibles. Tu comprends pourquoi, toi ?

Je me renfrogne un moment.

— Non. Filis. Je ne sais pas. Peut-être que nous sommes… différents ! Je ne sais pas.

— En tout cas, il faudra bien trouver. Et libérer les autres de cette affreuse toile d'araignée qui leur embrume le cerveau.

— Ouais… Et qu'est-ce qu'on fait maintenant ?

— Écoute, j'ai eu une idée ! Tu veux toujours fouiller dans l'ordinateur de Dex ?

— Oui. Je suis sûre de trouver un début de réponse. Mais tu ne peux plus me couvrir maintenant. Tu ne peux plus grimper.

— Pour le moment, non. Mais écoute ça….

Note à moi : J'ai mis un dessin du cerveau de Filis sur ma page perso, code secret Petit-cerveau. (Oui, oui, avec le trait d'union.)
🖱 Drôle !

21 JUILLET

Au SAS — 9 h

— Rassemblement!

On se rassemble! Un vrai troupeau de moutons!

— Vous le savez, le spectacle approche. Les numéros avancent, mais nous sommes loin d'être parfaits. Il faudra encore faire des heures et des heures de répétition. Et vous êtes tous un peu... amorphes!

Rom se rembrunit. Il a un air vraiment soucieux. Il se perd un moment dans son silence, puis se secoue.

— ... Il y a les décors à préparer... et les costumes à essayer. Justement, aujourd'hui, nous allons tous essayer nos nouveaux costumes. Vous voyez la grande boîte là-bas? Je veux que tout le monde m'accompagne. Je vais faire la distribution des costumes à chacun d'entre vous, et vérifiez vous-même que tout est parfait. Allez! Rompez!

— C'est le moment ou jamais, me glisse Filis à voix basse. Et j'ai bien surveillé. Ni Dex ni l'homme noir ne sont encore là. Il faut y aller, Zan!

— Tu es sûr que je peux réussir? Parce que je...

— Arrête Zan! Tu veux aller là-haut, fouiller dans l'ordi?

— Oui, bien sûr que oui ! Mais...

— Alors vas-y ! Respire par le nez et tu seras capable !

Je me glisse à l'écart des autres. Je les entends pousser des « oh ! » et des « ah ! » En découvrant les nouveaux costumes. Je rejoins les soies. Et je commence à monter. Je fais la chenille qui court super vite ! Je suis le plan de Filis.

Rendue en haut — je ne jette pas un coup d'œil au plancher qui est si loin de mes pauvres pieds ! —, je commence doucement à me balancer. Plus fort, encore plus fort. Je commence à avoir mal au cœur, mais je continue. Encore un petit effort, Zan ! Je me balance si fort que j'ai peur que la soie se dénoue du plafond ! Et pourtant, le trapèze que je vise est encore trop loin pour moi ! Je bouge les hanches... me laisse tomber tout à coup ! Je me tiens seulement par les pieds. Le sang me monte à la tête.

Qu'il est loin ce foutu trapèze que je dois attraper ! Et si Filis s'était trompé ? Si j'étais trop petite pour le rejoindre ? Je tomberais en bas ! Rien à faire, je dois y aller ! Je dois me lancer dans le vide !

Je ferme les yeux ! Lâche les soies ! Non ! Non ! Stupide ! Ouvre les yeux ! Tu vas manquer le trapèze ! Ma main droite se referme sur le trapèze. Mais juste une main ! Pas assez ! Je ne suis pas assez forte pour me tenir d'une seule main dans les airs ! Mes jambes se mettent à se

débattre! Si seulement je pouvais me rééquili-
brer! Ça y est, je touche le trapèze de la main
gauche aussi. Ouf!

Je m'assois un moment sur le trapèze! J'ai les
mains en sueur! En fait, je suis tout en sueur.
Mon cœur… mon cœur fait le percussionniste
de fanfare! Mais je ne peux pas rester là. Il faut
que je continue.

Je recommence à me balancer, cette fois
sur le trapèze. Foutue idée qu'il a eue là, Filis.
Passer du trapèze directement à la fenêtre du
bureau vitré! Il a dit que c'était la seule manière
de rejoindre cette fenêtre-là, qui est sur le
côté et qu'on ne peut pas voir d'en bas, de la
salle. Je veux bien. Mais maintenant que je suis
là-haut, je trouve que cette idée est parfaitement impossible à réaliser. Et sur cette fenêtre,
il n'y a qu'un petit rebord de rien du tout
pour me mettre les pieds. Je vais tomber, c'est
sûr.

Pas le choix. Je continue de me balancer, me
mets la tête en bas. Et hop! J'attrape le rebord
de mes deux mains. Je suis là, comme un pont,
étirée entre le rebord et le trapèze. Là, j'ai vraiment peur!

Je lâche le trapèze des pieds. M'agrippe du
mieux que je peux au rebord. Parviens à me
redresser.

Ouf! Ça y est. Je suis debout, coincée sur la
fenêtre. J'essaie de l'ouvrir. Pas moyen.

Comment ça, pas moyen? Je fais quoi, moi, entre ciel et terre, coincée au bord d'une fenêtre qui ne s'ouvre pas?

Je l'ai cassée! J'ai cassé la fenêtre. Je n'ai pas trouvé autre chose. J'ai enlevé mon soulier et clac! Heureusement, personne n'a entendu! J'ai déverrouillé le loquet. Cette idée aussi, de verrouiller une fenêtre qui donne sur nulle part!

Et je suis dans le bureau. Enfin! Je jette un coup d'œil vite fait, en bas. Ils sont tous occupés à l'essayage de costumes.

Bon. Pas de temps à perdre. J'allume l'ordinateur. Il est idiot, Dex. Il verrouille des fenêtres impossibles et ne mets pas de mot de passe à son ordi! Bon. Mais tant mieux! J'ouvre les classeurs, l'un après l'autre. Rien. Rien d'intéressant. Mes oreilles restent toutes pointues. J'écoute tous les bruits qui me parviennent d'en bas.

Je continue. Un classeur… un autre… et tout à coup! Eurêka — ça veut dire j'ai trouvé en je ne sais pas quelle langue! — Pharmacio. J'ouvre rapidement. Ratrol…

Quelqu'un monte! Quelqu'un monte les marches et pas question que je retourne par où je suis venue! Je ferme le classeur, j'éteins l'ordinateur! Ah! Que c'est long, éteindre un ordi! *Sauvegarde de vos paramètres personnels!* On s'en fout! Éteins-toi, machine infernale! Les pas se sont arrêtés sur le palier. L'écran noircit enfin. Je plonge sous le bureau.

C'est Dex lui-même. Pourvu qu'il ne découvre pas que son ordinateur est encore tout chaud ! Et surtout la fenêtre cassée ! Non. On dirait qu'il ne remarque rien. Il doit être préoccupé !

Bon ! Je me fais toute petite pour qu'il ne me touche pas lorsqu'il vient s'asseoir. Je retiens mon souffle.

C'est long ! Je ne sais pas ce qu'il fabrique à ce bureau, mais c'est long ! Je passe mon temps de deux façons. La première, en revivant les sauts incroyables que j'ai faits, des soies au trapèze et du trapèze à la fenêtre ! Ma parole ! Je suis en train de devenir une vraie acrobate ! Digne de Rom ! Ou plutôt de *Jorge Valas*, puisque je pense que c'est son vrai nom. Celui que j'ai découvert sur l'ordi, il y a déjà… il y a déjà une véritable éternité ! En tout cas, mon cœur est tout gonflé de fierté pour ce que j'ai réussi à faire ! Je suis sûre que Filis sera fier de moi !

La deuxième manière que j'ai de passer le temps ? Eh bien ! Eh bien !, je regarde les pieds de Dex. Et croyez-moi, ce que je découvre là est très intéressant ! Il a un secret, Dex !

À l'appartement — 20 h 22

LOSTMAX ÉCRIT À ZAN :
Réponses à tes questions:

1. Ratrol: Le Ratrol est une pilule, un médicament appelé «psychotrope». Un

psychotrope est plus ou moins une molécule qui agit sur le cerveau et qui peut
l'endormir. Enfin, pas vraiment endormir.
Mais parfois enlever les sensations.
Toutes les sensations. On ne sent plus
rien, ni joie, ni curiosité, rien.
D'après le Web, le Ratrol ne fonctionne
pas bien. Les essais qu'ils ont faits
montrent que ceux qui en prennent
ont des effets secondaires pas très bons.
On a arrêté la production de ce médicament, le Ratrol. Et surtout les essais sur
des êtres humains. Trop dangereux.

Il est quand même assez savant, Lostmax !
Molécule et tout !!

Cette nouvelle molécule a été inventée
par une compagnie pharmaceutique, la
...

... Oh ! J'ai deviné ! La Pharmacio !

... La Pharmacio ! Et Zan, tu ne devineras
jamais à qui appartient la voiture, la
plaque d'immatriculation dont tu m'as
envoyé le numéro !

Oh ! Oui, que je le devine, à qui appartient
cette voiture ! La Pharmacio !

La Pharmacio ! Voilà ! J'espère que tu
avanceras avec ces renseignements !
Mais un point demeure obscur ! Si on

vous injecte ce produit, cette molécule, comment fait-on? Est-ce que l'on vous donne des pilules à manger? Et pourquoi est-ce que toi, entre tous, tu peux résister à l'effet?

À bientôt. En attendant de tes nouvelles.

Lostmax

Non. Non, on ne nous donne pas des pilules. Je le saurais. Eh oui!, les jeunes du SAS sont tous zombies. Ils ne sont pas endormis, mais tout comme.

Et non! Je n'ai pas l'effet. Et même quand je l'ai eu, je n'ai jamais mangé de pilules!

Il y a autre chose, une autre manière de nous donner cette foutue molécule! Mais quoi? Et quel est le lien avec le SAS? Et Dex? Et Rom? Et même, avec madame Beck?

Mystère! Mystère!

22 JUILLET

Au SAS — 9 h 32

— Rom!

— Qu'est-ce qu'il y a, Zan?

— Rom! À propos des décors, j'ai eu une idée!

— Vas-y!

— Est-ce qu'ils sont déjà bien avancés, les décors?

— Non! Malheureusement, tout a pris du retard. Et ton idée?

— Voilà, j'ai fait des dessins.

Et je les lui montre.

— Ce sont des arbres, Zan! Dans le spectacle, Sofi essaie de quitter la mauvaise VILLE pour monter vers les étoiles. Pas une forêt.

— Je sais, Rom. Je sais. Mais il pourrait y avoir quelques arbres. Regarde, je les ai dessinés lugubres. Morts. Sans feuilles. On pourrait les fabriquer avec du tissu noir, pour faire plus mauvais.

— Peut-être... Je vais y penser...

— Je peux continuer à dessiner, si tu veux?

Il me regarde. C'est sûr, il se méfie de moi.

— Bon d'accord. Continue! On verra plus tard!

Super! D'abord, je vais m'amuser. Et puis, j'ai eu une petite idée...

À l'appartement — 22 h 45

Rom monte toujours la garde sous mes fenêtres. Décidément! J'ai chaud! Je me sens étourdie.

Peut-être, j'ai trop travaillé. Toute la journée, au SAS. J'ai écrit de la musique et dessiné des décors.

Et ce soir, j'ai nourri maman et je l'ai lavée. J'ai fait le ménage, le lavage, le...

Je suis fatiguée. Me couche!

23 JUILLET

Au SAS — 10 h 16

Un autre drame ce matin, au SAS. Simon.

Il a fait une première acrobatie. Il s'est remis debout. Puis, il s'est effondré !

Sans raison. Comme ça.

Pourtant, il est fait fort, Simon. Il est musclé, et tout. Mais là, il était tout pâle.

Les ambulanciers commencent à trouver qu'ils viennent souvent, au SAS.

Rom nous a remis au travail quand même. Mais il n'a pas l'air dans son assiette !

Me sens encore étourdie, faible.

Au SAS — 12 h

Pas faim. Faut pourtant que je me bouge. Je n'ai pas envie. Est-ce qu'ils m'auraient encore donné quelque chose sans que je m'en rende compte ? Un médicament ? Mais comment ? Je n'ai rien bu, rien mangé. Pas eu de piqûre, je l'aurais sentie.

J'ai respiré l'air, c'est vrai ! La fameuse brume alors ?

Ou seulement la chaleur ?

Au SAS — 14 h 32

— Filis !, je chuchote.

— Oui...

— Est-ce que tu te sens mal ?

— Non. Pourquoi?

— Parce que moi, il me semble que je faiblis... Je perds mes idées... Est-ce que tu crois que je recommence à être empoisonnée?

Il me regarde, troublé.

— Je ne sais pas, Zan... Je ne sais pas. Mais une chose est sûre... Il ne faut pas que tu faiblisses... Il faut continuer... Regarde ce qui est arrivé à Simon ce matin. Ce n'est pas normal!

— Tu as des nouvelles de Simon?

— Rom m'a simplement dit qu'il était dans une sorte de... de coma... qu'il restait endormi. Ou inconscient.

— La chaleur, tu crois?

J'aimerais mieux qu'il s'agisse seulement de chaleur.

— Peut-être la chaleur... Mais comment en être sûr?... Va à ton ordinateur, Zan! Reposetoi... Fais semblant de travailler! Tu dois récupérer. Nous avons tous besoin de toi.

Ouais...

Je retourne à l'ordinateur. Je n'ai pas trop d'inspiration pour la musique.

Au SAS — 17 h 25

Rom nous a laissés partir tôt. Il a dit qu'il devait aller à l'hôpital. Dex a mis les voiles aussi, suivi de l'homme en noir. Et Filis a dû aller à un rendez-vous. Le dentiste, qu'il m'a dit. Je suppose que c'est vrai...

Ils se sont tous éparpillés dans les rues. Tout le monde avait l'air pressé de partir. Je reste là, plantée devant le SAS. Je suis encore étourdie et faible.

Qu'est-ce que je fais? J'abandonne pour aujourd'hui?

Au SAS — 18 h 22

J'en avais oublié une! Sofi. Je l'ai trouvée en larmes, cachée près de l'usine. Ça ne lui prend pas bien grand pour se cacher, Sofi. Elle avait sa petite flûte à la main.

— Sofi, qu'est-ce que tu as? Qu'est-ce qui ne va pas?

Des larmes, seulement des larmes.

— Sofi! Parle-moi!

— Je ne sais pas, Zan. Je ne sais pas ce que j'ai. J'oublie tout. Je n'ai plus envie de rien. J'ai peur de retourner à la maison. Peur de rencontrer encore d'autres idiots qui vont se moquer de moi. Et puis...

— Et puis?

— Bien... j'ai du mal avec mon numéro. On dirait que je perds l'équilibre sur le fil. Pourtant, je n'ai jamais eu de problème. J'ai toujours été agile. Je ne comprends plus...

Des larmes, des larmes. C'est triste à regarder sur un si délicat et si doux visage.

— Qu'est-ce que je vais faire, Zan, si je ne peux plus faire la funambule? Je vais devenir...

je vais redevenir... juste la petite Sofi dont tout le monde se moque ?

De grosses, de très grosses larmes.

— Mais non, Sofi ! C'est passager, tu verras. Même moi, aujourd'hui, je ne suis pas très bien.

D'ailleurs, ça m'énerve. Comment peuvent-ils encore m'empoisonner ? Je ne comprends plus.

— C'est la chaleur, Sofi. La chaleur et la fatigue. Allez viens !, je te raccompagne chez toi.

— Non ! Non, je ne peux pas. Pas comme ça. Pas après avoir pleuré !

Re-larmes.

J'ai mis une heure à la consoler. Elle n'a pas voulu que je la ramène chez elle. Elle a dit qu'elle voulait être un peu seule. Je l'ai regardée partir avec un pincement au cœur.

C'est triste, tout ça ! Tout ce qui arrive... Tout ce qui nous arrive...

Bon. Suffit ! On ne peut pas laisser faire tout ce cirque de malheur sans rien faire ! Faible ou pas faible, je me bouge. Mais comment avancer ? Comment trouver un indice ? Qu'est-ce qu'on a dit, avec Filis, l'autre nuit ? Qu'est-ce qu'il m'a dit Lostmax, dans son dernier message ?

Trouve un cadavre d'animal, qu'on puisse le faire analyser ! Autopsier.

Il faut explorer l'usine. Retourner voir dans ce petit cagibi où j'ai déjà trouvé les chats morts.

Ce n'est pas possible que les morts d'animaux aient brusquement cessé. Il doit bien y en avoir un, quelque part!

Zut! La porte du SAS est fermée. À clé. Rom a dû verrouiller en partant. Qu'est-ce que je fais? Je tourne en rond, en rond, en rond, en...

Qui est-ce celui-là? Je vois une silhouette, qui se dirige vers les terrains vagues. Vers l'arrière de l'usine.

Je le suis, je m'approche. Tant pis s'il me voit. Je veux savoir qui traîne dans les parages. Dans les parages malsains de cette foutue usine d'enfer.

L'inconnu a les mains dans les poches, les culottes aux genoux, la tête rasée.

Je le reconnais. C'est un de la bande à Lazarr! Un de ceux qui m'ont attaquée l'autre jour. Ah! Celui-là! Je sens ma colère monter. Celui-là, il va payer pour ce qu'il m'a fait! Je vous en passe un serment!

Je me mets à courir derrière lui. Il peut bien me faire tout ce qu'il voudra! Je sais me défendre! Mais j'ai une petite question à lui poser! Une question super importante!

— Hé!

Il se retourne. Ce qu'il a de gros bras, quand même! Il doit s'entraîner au gymnase.

— Hé!, que je lui répète. Toi! Oui, toi!

Il me regarde, sidéré. Incrédule que je puisse l'affronter, toute seule. Mais je me sens forte.

Même si j'ai encore les jambes molles. Mais j'ai tellement de colère !

— Qu'est-ce que tu me veux ?

Il a pris une grosse voix. Pour me faire peur. Mais, cette fois, ça ne marche pas !

— Qu'est-ce que tu me veux ? Ah ! Je te reconnais ! C'est toi, la petite imbécile qui écrit des poèmes stupides.

— D'abord, ce ne sont pas des poèmes, ce sont des chansons. Ensuite, j'ai à te parler !

— Me parler !

Il rit. Je n'aime pas son rire.

— Tout ce que tu peux faire, face à moi, c'est prendre tes jambes à ton cou et détaler ! On est tout seul ici. C'est mon territoire. Alors, fous le camp !

— Non. Et si tu veux me faire du mal, viens ! Je t'attends ! Tu prouveras seulement que tu ne sais t'attaquer qu'aux plus faibles que toi. Ça prouvera seulement que tu es un minable.

Ça l'arrête un peu. C'est vrai. Ce n'est pas très glorieux de s'attaquer à une fille quand on a des gros bras comme les siens.

— Qu'est-ce que tu me veux ?

Il a pris un air bourru, mais je sens qu'il a ramolli.

— L'autre soir, lorsque vous m'avez attaquée...

— On ne t'a pas attaquée ! On s'est amusés un peu...

— Vous m'avez ATTAQUÉE ! Mais peu importe pour aujourd'hui... vous cherchiez un papier. Un papier que vous saviez que j'avais dans les poches !

— Tu as toujours des papiers dans les poches ! C'est ce qui fait que tu es si drôle pour nous !

— Il faudra bien un jour, à moins que tu ne sois un parfait idiot, que tu comprennes que ceux qui ont des papiers dans les poches, comme moi, peuvent être utiles parfois... parce que j'ai l'impression qu'à l'école, tu ne dois pas briller par tes papiers ! Tu verras, un jour, tu auras besoin de mes services d'écriture. Et ce jour-là !

— Bon. Abrège ! Qu'est-ce que tu veux savoir ?

— Je veux savoir qui vous a demandé de récupérer ce papier. Qui vous a décrit ce que j'avais dans les poches ? Et pourquoi lui avez-vous obéi ?

— Parce qu'il a payé ! Qu'est-ce que tu crois ? Il a sorti des billets de sa poche. Et nous a donné ses instructions ! Il nous a décrit le papier, une annonce de cirque, le Cirque Mango.

Je revois très bien la scène dans ma tête. Je marche, je reçois un coup sur la tête, les gars fouillent mes poches..., et Rom qui surgit, qui me tire du pétrin. Et je me suis toujours demandé pourquoi Rom, qui voulait récupérer sa petite annonce de cirque, a aussi été celui qui m'a sauvée. Cela ne fait aucun sens dans ma logique.

— Il est fort, assez bâti, les cheveux noirs, c'est ça ?

— Pas du tout. Il a la trentaine, avec une patte folle qu'il traîne derrière lui.

— Une patte folle ?

— Il boite !

Il boite ! Dex ! Rom m'aurait donc sauvée pour vrai ! Aucun sens. Aucune logique !

— Tu l'avais déjà vu auparavant ? Celui qui boite ?

— Je le vois traîner près de l'usine. Il a une belle auto. Un bijou ! Je rêve d'en posséder une, un jour. D'ailleurs, ajoute-t-il avec un petit sourire entendu, j'ai pensé la lui voler, une nuit. Mais ça, c'est une autre histoire ! Et ça ne regarde pas une fillette comme toi.

Je serre les dents, mais je ne relève pas la *fillette*. Moi, je sais que je suis assez courageuse.

— Une dernière question pendant qu'on est là ! Tu as déjà vu des animaux morts par ici ? Dans les terrains vagues ?

Là, il me regarde avec de drôles d'yeux.

— Ouais... bizarre ce truc !... J'ai vu le Vieux... Tu sais le Vieux..., celui qui parle tout seul ?

— Je sais, je sais... Continue !

— Ben le Vieux, il fait comme... comme du trafic... d'animaux morts... des cadavres qu'il transporte. Ouache ! C'est affreux ! Et en plus, dans cette chaleur! En tout cas, je crois que ce trafic-là l'a encore rendu plus fou! Il crie tout le temps!

Le Vieux! Je n'y avais plus repensé!

— Et il est où, le Vieux? Tu l'as vu?

— Bien c'est ça qui est encore plus bizarre. Depuis des jours, on ne l'a plus revu! Comme s'il était disparu avec ses chats et ses autres marmottes.

— Marmottes?

— Oui. Il y avait même des marmottes. Je le sais parce que... parce que j'étais assez bon en histoire naturelle à l'école... j'aimais ça!

Je ne peux pas m'empêcher de sourire! Le gros musclé qui fait peur aime les marmottes et les sciences de la nature!

— Bon. Merci, je fais. Tu me laisses partir sans me tabasser cette fois?

— Ouais, allez file!...

Je tourne les talons. Il m'arrête.

— Hé! Dis donc!

Je me retourne.

— Quoi encore?

— Pour l'écriture... tu n'as peut-être pas tort...

Il regarde ses souliers. Il a l'air... comme un petit garçon pris en faute. Je me retiens de sourire pour ne pas le mettre en colère, mais il est presque mignon. *Mignon-solide-de-muscles*! Mais mignon tout de même!

— Oui?

— Bien, j'aurais justement un truc... un papier à remplir... j'ai du mal avec les questions... Ce serait pour... pour rentrer à l'école de menuiserie... Tu sais, l'école...

— Je connais et alors ?

— Et alors... si tu pouvais m'aider ?...

— T'aider ?

— Bien... pour écrire... pour composer... pour remplir le truc, quoi !

— D'accord ! Apporte ton papier demain. On regardera ça. L'école de menuiserie ?

— Bien oui... j'aime bien construire des trucs... je fais beaucoup de cabanes pour les oiseaux et...

— D'accord ! C'est quoi ton nom ?

— Hugo.

— D'accord Hugo. Reviens me voir demain avec tes papiers !

Je me retourne et commence à filer. Cette fois, ce n'est pour ne pas lui montrer que je ris franchement. Un gros bras romantique ! Des petites maisons pour les oiseaux !

Bon. Je me dépêche. Je suis en retard. Madame Ursule avait rendez-vous, ce soir. Chez monsieur Paige !

Et moi, je n'ai pas fini ma journée ! Ou ma nuit !

Encore à l'appartement — mais toute prête pour mon expédition de nuit — oo h o6

Test. Test. Ça fonctionne. L'enregistreuse fonctionne. Demain, je retranscrirai tout dans mon journal.

Maman dort. Madame Ursule est toujours chez le voisin. Je les vois qui parlent sur le balcon. Pas de Rom sous les fenêtres. Il est peut-être encore à l'hôpital, avec Simon ?

Je sors par derrière. On ne sait jamais !

J'enfile les rues. Toujours aussi noir, ce quartier !

Bon. Me voilà devant le SAS. Je le délaisse, je vise plutôt les terrains vagues. Il y a un beau début de lune. Mais, de toute façon, je les connais par cœur ces terrains, alors je me dirige tout de suite vers la cabane du Vieux.

Pas là. La cabane est vide. Elle sent le vide. L'abandon. Je fouille. Des cartons, des vieilles couvertures déchirées. Beaucoup de mouches. Un petit poêle de camping. Pas d'alcool. Le Vieux ne boit pas. C'est toujours ce que j'ai pensé. Sa folie, elle ne lui vient pas de l'alcool. Elle lui vient d'ailleurs. De sa pauvre tête. Et de quelque chose d'autre, qui le perturbe beaucoup. Bon. Quoi d'autre là-dedans ? Deux boîtes de thon. Une vieille pomme toute ridée.

Je ressors, regarde autour de moi. Rien en vue. Pourtant, je sais, je sens qu'il est ici. Pas loin. Le Vieux, les terrains vagues, c'est son district. Son territoire. Il ne va jamais bien loin. À moins qu'on l'ait enlevé lui aussi. Qu'on lui ait fait du mal.

Je regarde encore. Ça vaut la peine de chercher un peu. Il y a tellement de déchets, de carcasses de vieilles autos, de boîtes et de tôles qu'il pourrait être caché n'importe où. Et la lune m'éclaire un peu.

Je pars. J'entends les bruits de la ville derrière moi, mais rien de plus près. Vraiment lourd le silence ici. L'impression d'être dans un autre monde, un monde en ruine. Et des ruines, ce n'est pas ça qui manque ici!

J'inspecte les carcasses d'autos une à une. Rien. Les amas de boîtes de carton. Rien. Je m'approche d'un gros tas de déchets de construction, des moitiés de murs encore peints en jaune, en vert.

Clac! Du bruit. Un bruit. Je me retourne le cœur serré. Personne. Je me calme. Le bruit ne venait pas de derrière moi. Il venait de... il venait de dessous! Dessous les murs! Je m'approche, commence à soulever des morceaux.

— NON! Non! Laissez-moi! C'est l'Apocalypse! L'Apocalypse! La fin du monde! Allez-vous-en! Ne me faites pas de mal.

Cette fois, je soulève les morceaux avec énergie. Cette voix-là, je l'ai reconnue tout de suite! Celle du Vieux! Il n'y a que celle-là qui soit éraillée à ce point! Et qui parle de fin du monde! Je soulève un gros morceau en m'écorchant les mains, le pousse de côté et...

... et le voilà! Tout recroquevillé comme un bébé, la tête cachée dans les mains! Mon Vieux! Mon pauvre Vieux!

— Allez! Sortez de là! C'est moi, Zan! Grand-père! Sortez de là! Vous allez vous faire mal.

Il ne bouge pas, la tête toujours enfouie dans ses mains. Je le prends par les épaules, le tire doucement. Il résiste, il résiste et finit par se laisser faire. Je le remets doucement sur ses pieds. Il a une tête!... Une tête d'enterrement! De fin du monde justement!

— Grand-père, qu'est-ce qu'ils vous ont fait? Pourquoi êtes-vous caché sous les décombres?

Il me regarde, l'air effrayé.

— Il est venu! Il est revenu!

— Qui ça grand-père? Qui est revenu?

— Le Diable! Le Diable en personne!

Je l'observe. C'est vrai qu'ici, au milieu des déchets, sous la pâle lumière de la lune, je le croirais presque! Je croirais assez que le Diable habite ces lieux!

— Le Diable? Pourquoi le Diable? Et qu'est-ce qu'il viendrait faire ici?

— Je ne sais pas... je ne sais pas... mais chaque fois qu'il revient, c'est l'hécatombe!

— L'hécatombe? Qu'est-ce que c'est l'héca-tombe?

— Des morts! Des morts par dizaines! Par centaines! Des morts partout!

Je réfléchis un instant. Le Vieux est peut-être fou, mais j'ai idée qu'il n'invente pas tout dans sa folie.

— Qu'est-ce qui est mort, grand-père ?

— Tout ! Tous les animaux meurent. Chaque fois que le Diable revient, c'est la même chose ! Tout ce qui vit ici meurt le lendemain.

Hummm... Ça ressemble à une histoire plausible. Quelqu'un qui tue les animaux...

— Mais je ne vois rien, grand-père ! Je ne vois rien de mort autour d'ici. C'est votre tête fatiguée, sûrement !

— Non ! Non ! Il faut me croire ! Il faut me croire !

— Mais où sont-ils tous ces morts ?

Il penche la tête vers moi, me chuchote à l'oreille.

— Je les enterre. Je les enterre moi-même. Je les cache.

— Où ? Où sont-ils enterrés ?

Il se redresse et se ferme comme une huître.

— Je ne peux pas le dire. C'est un secret !

— Un secret pour quoi ?

C'est long ! C'est long lui tirer les vers du nez ! Il faut que je reste patiente !

— Un secret pour quoi ?

— Pour qu'ils dorment en paix, les animaux. Pour l'éternité. Pour qu'on ne leur fasse plus de mal. Je...

Il se penche encore vers moi, chuchote.

— Je leur permets d'aller au Paradis ! Je les envoie au Paradis !

Il me sidère grand-père. Je le regarde. Au paradis maintenant ! Bon. Mais si je veux savoir quelque chose, il faut que je suive sa logique.

— C'est bien grand-père de prendre soin de tous les petits animaux. J'aimerais bien les voir aussi.

Parce que moi, on n'oublie pas, si je suis ici en pleine nuit, c'est pour trouver un fameux cadavre ! Pour l'autopsie !

— Pourquoi ? Pourquoi veux-tu les voir ?

Il a l'air méfiant.

— Eh ! Bien, parce que... parce que je veux leur dire au revoir aussi ! Leur dire bon voyage !

Est-ce que je l'ái convaincu ?

— D'accord ! Allez viens ! Suis-moi ! Et baisse la tête !

— Pourquoi ?

— Pour qu'on ne nous voie pas !

Comme si on pouvait ne pas nous voir ici, de toute façon ! En plein milieu d'un terrain vague ! Et sous la lune ! Je baisse la tête quand même et je le suis en le tenant par le bras. Il n'est plus très solide, le Vieux. Il doit manquer de nourriture... et d'eau.

Il m'emmène vers un autre amas de planches, cette fois tout près du mur de l'usine. Il soulève une planche !

Ils sont là. Tous là. Il y en a tellement que le Vieux n'a pas pu tous les camoufler. Il y a des centaines d'oiseaux, de chats, de marmottes, de souris, de chiens… Tous morts !

Quelle horreur ! Quelle horreur ! Je me recule. Mais qu'est-ce qui s'est passé ici ? Je veux bien que notre quartier soit pollué ! Mais là ! C'est une… comment il a dit déjà, le Vieux ? Une héca-tombe ! Une tombe géante. À ciel ouvert ! Quelle horreur !

J'ai découvert la fin du monde !

J'essuie mes larmes ! Pas pu faire autrement. Je suis tombée assise sur un débris. Et je regarde le tas d'animaux, le tas de cadavres. Je ne peux pas détacher mes yeux.

Le grand-père s'est assis aussi. Pour une fois, il ne dit pas un mot. Même lui, je crois, il n'en revient pas. Et dire qu'il a tout transporté seul. Il a dû mettre des heures et des heures… Pauvre Vieux !

— Grand-père, ils viennent tous d'ici ? Du terrain vague ?

— Oui…

— Partout ?…

— Oui. Je les trouve morts chaque matin. Je me lève tôt pour qu'on ne me voie pas. Et je les transporte ici… pour qu'ils se reposent.

— Mais est-ce qu'ils sont blessés ? Est-ce que quelqu'un leur a fait du mal ? Avez-vous vu quel-qu'un ?

— Non. Pas de blessure. Ils sont comme qui dirait, juste endormis. Comme ça. Sans raison.

— Il y a beaucoup d'oiseaux. Beaucoup de mouettes.

— Les mouettes, je les trouve surtout près du lac, là-bas !

Tiens lui aussi, il appelle ça un lac ! La grande flaque d'eau sale près de laquelle j'avais l'habitude de me cacher. Avant. Avant tout ça.

— Mais ils ne peuvent tout de même pas mourir sans raison. Juste comme ça.

— Non. Il y a une raison. Je te l'ai déjà dit, petite fille. Le Diable vient la nuit. Il fabrique quelque chose dans le noir. Je ne vois pas ce qu'il fait. Je reste loin de lui, tu comprends ? Je ne veux pas mourir aussi.

— Non. Non, bien sûr. Et à quoi ressemble-t-il, le Diable ? Il a, je ne sais pas moi, il a une fourche, comme dans les livres ?

— Non. Non. Pas de fourche.

Le grand-père n'a pas ri. Moi non plus, d'ailleurs, je n'ai pas envie de rire.

— Il a quelque chose de particulier ?

— Il marche courbé. Courbé comme s'il était terriblement vieux. Il *est* terriblement vieux, le Diable. Depuis le début des temps.

Je ne veux pas qu'il reparte dans ses imaginations. Je le reprends doucement.

— Et quoi d'autre ?

— Il tire un lourd paquet. Un très, très lourd paquet. Il a beaucoup de difficulté. Il le traîne par terre. Parfois, il le porte dans ses bras. Il fait plusieurs voyages par nuit.

— Rien d'autre ?

— Non. Rien d'autre. Ça suffit comme ça.

— Oui. Vous avez raison.

Je me relève et m'approche. Je suis venue dans un but, il faut bien que je remplisse ma mission jusqu'au bout. Je pince les lèvres et j'arrête de respirer. Et je saisis un oiseau mort, un des plus petits. Je suppose qu'ils n'ont pas besoin d'avoir un gros animal pour l'autopsie. En tout cas, à la télévision, un peu de tissu suffit toujours. Je ramasse un vieux journal, enveloppe le petit oiseau et le mets dans mes poches. Voilà pour toi, mon petit. Dors bien !

— Allez grand-père ! Venez ! Je vous ramène chez vous !

— Chez moi ?

Le voilà effrayé de nouveau.

— Ne craignez rien ! Je ne serai pas loin. Il ne vous arrivera rien. Je vous le promets.

Je crois qu'il est trop épuisé pour résister. Je le ramène doucement vers sa cabane. Je le remets dans ses couvertures. Il ferme aussitôt les yeux. Il a l'air tout heureux de retrouver ses vieilles choses, même déchirées.

Je ressors sur le pas de sa porte. Balaie les environs des yeux. Rien. Est-ce que le Diable viendra ce soir ?

J'ai un peu peur. C'est sinistre ici la nuit. Et je suis dégoûtée. S'il y a un diable qui rôde ici, je reviendrai demain. Demain dans la nuit. Avec Filis. À deux, c'est mieux.

Je rentre à la maison.

24 JUILLET

Dans les terrains vagues — 12 h 28

— C'est... c'est dégoûtant !

Filis a reculé malgré lui, quand j'ai soulevé les planches qui cachent les animaux morts. Je me demande même s'il va vomir. Mais non !

— Tu vois...

C'est tout ce que je trouve à dire. Je lui raconte tout. Je lui fais entendre l'enregistrement de la vieille dans la nuit. J'ai bien fait d'enregistrer. Au moins, je n'ai rien oublié. Il est troublé par le diable.

— C'est sûrement un homme. Un vrai. Et qui apporte quelque chose ici, la nuit.

— Oui. C'est ce que je crois aussi.

— Il faut découvrir qui il est. Et ce qu'il transporte. Parce que ce qu'il transporte cause certainement la mort des animaux.

— Oui. Je vais revenir ce soir. Cette nuit. Tu viens avec moi ?

— Pas cette nuit, Zan ! Je ne peux pas. Je dois accompagner ma mère chez des amis. Attends dans deux nuits ! Je reviendrai avec toi. Nous prendrons des bâtons pour nous défendre.

— D'accord !

— Tu me promets de m'attendre, pas vrai ? Tu ne peux pas revenir ici toute seule ! C'est beaucoup trop dangereux !

— Promis, promis.

— Je ne te crois pas.

— Promis que je t'ai dit !

Il m'énerve ! Il m'énerve ! Comme si j'avais le temps d'attendre. Il paraît que Simon ne va pas mieux, à l'hôpital. Comme si j'avais le temps d'attendre ! Attendre que d'autres tombent malades peut-être ?

À l'appartement – 18 h 47

Je suis passée par le bureau de poste. J'ai soigneusement emballé le petit oiseau, je l'ai mis dans une boîte. Et je l'ai posté à l'adresse que Lostmax m'avait donnée. Pourvu qu'il trouve quelque chose ! Pourvu qu'il trouve !

Dans les terrains vagues – 00 h 34

Il y a bien une heure que je me suis tapie derrière les gros barils. Je n'ai rien vu ni personne… sauf le Vieux. Mais je l'ai envoyé dormir à l'accueil pour sans-abri. Je préfère être toute seule dans le coin cette nuit. Je ne voudrais surtout pas qu'il arrive du mal au Vieux par ma faute. Il est assez abîmé comme ça !

J'ai des crampes dans les jambes. Peut-être que le diable ne se pointera pas ce soir ? Peut-être que je suis venue pour rien ?

J'ai apporté ma petite caméra. Je décide de sortir de ma cachette et de filmer le coin. Je le mettrai sur le Web demain.

Parce que, j'ai beau réfléchir, je n'arrive pas à comprendre. À comprendre comment on devient tous malades ? Qu'est-ce qu'on respire, qu'est-ce qu'ils nous font pour qu'on devienne tous des endormis-vivants ? C'est la raison pour laquelle je filme les environs. Peut-être que sur l'image, je pourrai trouver ce qui cloche dans ce champ. Parce que de toute évidence, dans ce champ aussi, les oiseaux et les animaux subissent un... mystère qui les fait mourir. Peut-être que je l'ai sous les yeux et que je ne le vois tout simplement pas !

Dans les terrains vagues — 3 h 34

Trois heures ! Trois heures que je suis là, coincée derrière mes gros barils ! J'aurais besoin de cure-dents pour tenir mes yeux ouverts ! Et toujours rien ! Il fait de plus en plus sombre on dirait. Je ne vois plus devant moi. Je crois qu'il vaut mieux que je file.

Bang !

Qu'est-ce que c'est ?

239

Mes yeux s'ouvrent *subito*! Quelqu'un?

Idiote! C'est le tonnerre! Les éclairs! Et des torrents d'eau qui me tombent dessus. Mes pieds s'enfoncent dans la boue. Je me lève. Bang! Tonnerre! Éclair! L'endroit est tout à coup terrible et je... Une ombre! Une ombre sur moi!

— Que fais-tu ici, Zan?

Une voix comme le tonnerre qui me tombe dessus. Je lève la tête en tremblant.

Rom! Rom! Le Diable! C'était donc lui!

— Sors de là!, et il me prend par le bras, me tire jusqu'à ce que je sorte de mon trou. Il ressemble... au diable en personne, sous les éclairs et le tonnerre.

À l'appartement — 4 h 15

Rom m'a ramenée à la maison. Il n'a pas dit un mot de tout le trajet. Je ne savais pas si je devais m'énerver ou pas. Si seulement j'avais attendu Filis! Que Filis vienne aussi avec moi! Mais bon. Je suis comme ça! Un peu impatiente, des fois!

Quand nous sommes arrivés à l'appartement, Rom a fait le tour des pièces — c'est petit chez moi, il n'a pas fallu beaucoup de temps! —, il s'est arrêté devant maman qui dormait. Il a juste dit: «Je comprends, Zan, je te comprends...» Puis, il est retourné à la cuisine et m'a fait... un chocolat chaud! Il m'a aussi dit d'aller changer mes vêtements, qui étaient tout mouillés. Je ne comprends plus ! Il est méchant, Rom, ou il est gentil ?

— Pourquoi tu me suis sans arrêt, Rom ?, j'ai fini par lui demander.

Il ne parlait pas ! Il jouait à faire la tombe !

— Je suis inquiet pour toi, Zan. Très inquiet ! Tu disparais, tu fouilles dans le bureau de Dex. Alors, je viens surveiller tes fenêtres pour être certain que tu es en sécurité.

Je ne comprends plus rien ! Il est méchant ou il me protège ?

— Tu comprends, il continue, je sais qu'il se passe des choses au SAS… des choses étranges. Je le vois bien, que vous devenez tous mous et endormis dès que vous mettez les pieds là-bas. J'ai vu Simon, qui est tombé malade. Filis aussi. Et je ne comprends pas ce qui se passe ! Et je vois bien, aussi, que toi, tu fouilles partout et que tu mets ton joli petit nez dans tout ce que tu trouves ! Alors, je veux te protéger.

Me protéger ! Est-ce que je peux le croire ? Puis, tout à coup, je me souviens d'un événement. Au tout début, au SAS, je me souviens que Rom a fait disparaître les chats morts dans le petit cagibi.

— Tu te souviens, Rom, de tous les chats morts, à l'entrepôt ? Je t'ai suivi la nuit. Tu es allé les cacher dans le terrain vague. Pourquoi ?

— Parce que j'étais inquiet. Et ce n'était pas beau… tous ces cadavres ! Je ne voulais pas que d'autres les trouvent. Alors, je suis allé les jeter pour les faire disparaître.

Bon! Explication possible. Il dit peut-être la vérité. Mais qui est-il, au juste, le super acrobate?

— Rom, est-ce que ton vrai nom est *Jorge Valas*?

— Oui.

Là, je lui ai scié les jambes! Il me regarde avec un air... bien oui, admiratif!

— Comment as-tu pu trouver ça? Toute seule?

— Sur le Web. Rappelle-toi! J'avais trouvé une petite annonce tombée de ta poche.

— Ah! C'est donc toi qui l'as trouvée, cette annonce? J'ai cru qu'on me l'avait volée.

— Non. C'était moi. Tu étais un grand acrobate, pas vrai? Un super du trapèze!

Il devient tout triste!

— Oui. C'est vrai!, dans les cirques, en Europe. Je crois même que j'étais le meilleur. Le seul à faire cinq saltos arrière en vrille. Mais...

Il s'arrête un peu... comme s'il ne voulait pas en dire plus. Mais non!, il se ravise et continue:

— ... Un jour, je suis tombé. Salement tombé. Et je ne pouvais plus être assez bon pour les grands spectacles. Alors, je suis venu enseigner le cirque, ici au SAS. J'étais content. J'aime enseigner le cirque. Je crois que vous êtes tous très bons.

Il arrête encore de parler. Il n'est pas très fort sur la conversation, Rom! Mais il est curieux!

— Raconte-moi, Zan, qu'il poursuit, raconte-moi! Qu'est-ce que tu as trouvé en fouillant partout?

Je ne sais pas pourquoi. Je dois être fatiguée. Et puis, ça doit bien exister quelque part, un adulte en qui on peut avoir confiance! Zut de zut! Alors je décide de tout lui raconter. Toute l'histoire. Dex qui m'a faite prisonnière, Dex et madame Beck, les tas d'animaux morts dans les terrains vagues. Et surtout, la compagnie Pharmacio, une compagnie qui fabrique des médicaments, et l'homme en noir, qui travaille pour cette compagnie-là.

Je le vois qui réfléchit beaucoup. Même que la petite fumée lui sort par les oreilles!

— Est-ce que tu as découvert, Zan, quel est le produit qu'ils vous donnent? Et surtout, comment on vous le donne?

— Non. Non. Pas encore. Mais je trouverai!

Il réfléchit encore. Puis, il finit par se mettre debout. On dirait qu'il vient de prendre une décision.

— Écoute Zan. Laisse-moi m'occuper de tout ça. Tu es trop jeune, et c'est trop dangereux.

— Tu vas aller voir les policiers?

— Non.

— Pourquoi?

— Parce que... parce que... je t'expliquerai plus tard. En attendant, viens au SAS!, aide-nous à préparer le spectacle et... et je m'occupe du reste.

Hummm... je ne suis pas trop rassurée!

— Tiens! mets-toi au lit maintenant. On se voit tout à l'heure! Dans quelques heures!

Il fait semblant de sourire. Gros effort pour lui! Et il part, l'air toujours aussi inquiet.

Moi, je fais comme il me dit. Je mets mon plus vieux pyjama, celui qui est tout déchiré, mais qui est si doux, je m'enfile dans les couvertures et hop! Dans les rêves!

25 JUILLET

À l'appartement — 8 h 35

ZAN ÉCRIT À TOUS:
Allez voir sur ma page perso, code secret Hécatombe. 🔦 J'ai mis une bande vidéo que j'ai tournée hier soir. Ce sont les terrains vagues à côté du SAS. Dites-moi si vous voyez là-dessus quelque chose qui pourrait causer la mort de centaines d'animaux! Moi, je ne vois rien de spécial. Mais vous?

Je regarde encore le film avant de partir, je vois tout, les carcasses d'autos, la grande mare que j'appelle un lac et qui brille un peu sous la lune... Je ne vois rien là d'anormal. Rien qui cloche. Tout est normal. Sauf une chose! Si j'avais mieux regardé la nuit dernière au lieu de filmer, j'aurais bien vu Rom qui s'approchait de moi. Il est bien là, juste une ombre, mais je l'aurais vu quand même!

Ce qu'on peut être tarte, des fois!

Au SAS — 9 h 05

— Tu es folle ou quoi?

Oh! Le Filis, il n'est pas content!

— T'aurais pu... t'aurais pu... Il aurait pu t'arriver plein de mal!

— Mais il ne m'est rien arrivé du tout! Sauf que je n'ai pas vu le fameux diable qui tire un poids lourd!

— Le diable, c'était sûrement Rom! Puisqu'il était là! Et tu n'aurais jamais dû lui raconter toute l'histoire! Il ne faut pas lui faire confiance!

Là, Filis, il a un point. Je ne comprends pas, aujourd'hui, pourquoi j'ai fait confiance à Rom.

— Je ne sais pas, Filis... C'était comme une.... une intuition. J'avais l'impression qu'il disait vrai en parlant de me protéger...

— Une intuition! Les filles et leurs intuitions!

Ouais! J'avoue qu'il a raison! Ce n'est pas très fort, ça, de se fier à des intuitions!

— Et puis, Zan, regarde-le, ton Rom! Qu'est-ce que tu crois qu'il raconte à Dex en ce moment même?

Je lève les yeux vers le bureau vitré.

Oh là là! Ça barde là-dedans! Rom est en train d'enguirlander Dex aussi sûrement que... que madame Ursule quand elle veut que je fasse mon ménage!

Dommage qu'on n'entende rien de ce qu'ils se disent, ces deux-là!

Note à moi: J'ai mis mes dessins d'arbres sur ma page perso, code secret Surprise.

Dans les terrains vagues — 12 h 22

J'avais besoin de réfléchir! Je suis venue, toute seule, près de mon grand lac... la grande mare d'eau sale derrière le SAS. Il y a encore des oiseaux morts, autour de la mare... Le Vieux n'est pas venu les ramasser, ceux-là!

Je suis toute retournée! Toute la matinée, j'ai eu devant les yeux la bande vidéo que j'ai mise sur le Web. Je l'ai regardée, regardée, à m'arracher les yeux! Et pourtant, je ne trouve rien. Rien d'anormal. Alors, je me suis dit que je ne regardais pas bien. Qu'il y avait quelque chose que je ne remarquais pas!

Alors, je suis revenue m'asseoir ici! Et je regarde à m'arracher les yeux des trous! Qu'est-ce que je vois? Toujours les mêmes objets. Je vois... la mare... deux belles mouettes qui boivent de l'eau... qui boivent de l'eau...

Qui boivent de l'eau?

Je ferme mes yeux très fort. Boire de l'eau! J'entends Rom dans ma tête qui n'arrête pas de répéter : «Allez boire de l'eau... Allez! Tout le monde à la fontaine!» Et moi, qui n'aime pas l'eau et qui sors mon jus en cachette!

J'ouvre les yeux tout grands. Je regarde les deux mouettes!

Je me lève d'un bond, comme si j'avais trouvé le trésor miraculeux!

J'ai tout compris!

Au SAS — 14 h 24

Filis et moi, on est remontés en haut des soies. Depuis que j'ai fait le grand numéro de trapèze pour entrer dans le bureau de Dex, je n'ai plus peur des hauteurs! En fait, je crois bien que je n'ai plus peur de rien!

— Tu crois vraiment que tu as trouvé, Zan?

— Mais Filis, réfléchis! Ils n'arrêtent pas de nous envoyer boire à la fontaine! Le... médicament, qui nous rend zombie, est sûrement dans l'eau! Et c'est parce que les animaux boivent à la grande mare qu'ils meurent tous! Il y a quelque chose qui nous fait du mal dans l'eau du SAS.

— Et pourquoi est-ce que les animaux meurent, et pas nous?

— Parce que... parce que... parce qu'ils sont petits, voilà tout! Plus petits que nous! Moi, si je donne trop de pilules à maman, elle sera plus malade... enfin plus malade encore qu'elle l'est... Les médecins n'arrêtent pas de me le dire ! « Zan, fais attention ! Ne donne jamais plus que la dose que l'on te dit ! Ce serait dangereux pour ta mère ! C'est une question de poids ! » Eh bien !, c'est la même chose avec les animaux. La dose est trop grosse pour leur petit corps !

— Oui, tu as peut-être raison... Alors, qu'est-ce qu'on fait ?

— Eh bien ! Eh bien !... ben, la première chose, c'est de s'assurer que nos amis ne boivent plus la mauvaise eau. Et pour ça, il faut changer l'eau de la fontaine, tous les jours, en cachette !

Ben oui, quoi ! Il n'y a pas 36 autres solutions. Des fois, je suis assez fière de mon petit cerveau !

Au SAS — 15 h 44

Je suis descendue des soies en faisant l'hélice pour la première fois ! On part d'en haut... et on se déroule jusqu'en bas, à toute vitesse ! C'est génial ! Au début, ça tourne un peu le cœur, mais les spectateurs, en bas, croient qu'on tombe ! Génial !

Je ne veux pas oublier comment faire ! Je vais écrire la recette :

1. Fais comme si tu faisais la grenouille, mais accroche seulement la jambe du haut, ensuite, accroche l'autre jambe par-dessous.

2. Fais un tour autour de ta taille.
3. Tiens une main à ta taille et l'autre au tissu qui pend.
4. Décroche une jambe pour la laisser pendre.
5. Décroche l'autre jambe et ça déroule !

Et tout ça, à une hauteur... une hauteur ! Super !

Au SAS — 18 h 37

Filis avait mis un petit bout de bois dans la serrure du SAS, cet après-midi. Quand Rom a fermé la porte à clé..., elle est restée ouverte quand même ! Il ferait un bon cambrioleur, Filis !

Pendant 30 minutes, on a fait du transport d'eau ! Ce que c'est lourd !

— Ce qu'on la met la mauvaise eau, Zan ?
J'ai réfléchi.

— Le mieux, c'est de la jeter dans la grande mare, derrière.

— Les animaux vont en boire et être malades !

— Oui. Mais pas pour longtemps, Filis ! Parce qu'ensuite, on aura réglé le problème une bonne fois pour toutes !

Et on s'est mis à trimballer nos bidons derrière. Tout à coup, je me suis arrêtée.

— Filis !

Quand je l'appelle comme ça, j'ai l'air d'un commandant en chef !

— Filis, le diable ! Tu sais, le fameux diable !

— Zan, ne fais pas l'imbécile, tu sais bien qu'il n'existe que dans l'imagination du Vieux !

— Non. Filis, tu as tort ! Le diable existe. En fait, ce n'est pas le diable. C'est Dex ! Et ce qu'il tire derrière lui, la nuit, et qui semble si lourd… eh bien ! Ce sont les bidons d'eau ! Dex, la nuit, fait exactement ce que nous faisons maintenant. Il remplace l'eau de la fontaine toutes les nuits pour que nous ayons de l'eau fraîche le lendemain. De l'eau fraîche, mais avec un médicament dedans ! Et il vient vider les bidons ici, dans la mare ! Voilà ce que le Vieux voyait toutes les nuits. Et comme les animaux sont morts le lendemain, le Vieux pense que c'est la fin du monde. Mais en réalité, c'est Dex qui est venu empoisonner l'eau !

Ce que je peux être intelligente parfois ! Je suis mieux de me le dire à moi-même parce que si j'attends que les autres me fassent des compliments !

— Tu as raison, dit Filis. Mais en attendant, grouille-toi un peu ! On a du travail à faire !

Bon ! Même les génies doivent travailler des bras, je suppose !

À l'appartement — 20 h 27

— Zan, Oh ! Zan ! C'est affreux ! Affreux ! Qu'est-ce que monsieur Paige va penser ! Qu'est-ce qu'il va penser de moi ?

Madame Ursule est tout en larmes ! Comme si j'avais besoin de ça !

— Mais enfin, qu'est-ce qu'il y a ? Qu'est-ce qu'il y a de si terrible ?

— Mes fleurs ! Mes beaux géraniums tout rouges !

Il n'y a pas à discuter ! Si ce sont les géraniums... c'est un drame ! Qu'est-ce qui a bien pu arriver à l'orgueil de madame Ursule ? Je grimpe les escaliers en vitesse, suivie d'une madame Ursule en larmes et en sueur ! Tout un numéro ! Je pousse la porte de son appartement, cours sur le balcon et...

... Eh oui ! Il y a un drame ! Les géraniums, si rouges, sont tous devenus bruns ! Ils sont tous morts !

— Tu vois, Zan ! Tu vois ! C'est affreuuuuuux ! Qu'est-ce qui a bien pu leur arriver ? Pourtant, tu les arrosais tous les jours !

Justement, je pense en moi-même. Justement. Je les arrosais avec l'eau que madame Beck m'apportait. De l'eau dans laquelle elle versait un médicament !

Manifestement, cette eau-là n'est pas bonne pour les humains, les animaux... et même les fleurs !

En tout cas, moi, j'ai bien fait de ne pas la boire !

Je laisse madame Ursule à ses émois et à ses explications avec son voisin, monsieur Paige. Je redescends chez moi.

À l'appartement — 21 h 22

Je prends mon Élixir sur mes épaules. Tout est calme. Je vais à l'ordinateur, je l'allume et lis mes messages.

Des tonnes de courriels !

VERO ÉCRIT À ZAN :
Zan, j'ai bien regardé ta vidéo! Je ne vois qu'un truc... C'est ton espèce de lac! L'eau de la grande mare! À mon avis, seule l'eau peut être empoisonnée! C'est arrivé dans un village près de chez moi! Une manufacture a laissé s'échapper un produit... et l'eau a été empoisonnée! Tous les poissons sont morts!

ANAÏS ÉCRIT À ZAN :
Zan, as-tu pensé à l'eau?

Des tonnes de courriels, qui me disent tous la même chose! L'eau. Je commence à être moins fière de ne pas y avoir pensé avant!

Un courriel de Lostmax. Je l'ouvre.

LOSTMAX ÉCRIT À ZAN :
Zan, j'ai les résultats de l'analyse de l'autopsie sur le petit oiseau. L'oiseau a été empoisonné avec du Tetraratrol.

C'est semblable au Ratrol que tu as trouvé chez Dex, mais qui doit être mis dans l'eau. Il se dissout dans l'eau.

J'ai fait des recherches sur le Web et sur le site de la compagnie Pharmacio! Ils ont arrêté de produire le Ratrol, mais ils ont continué celle du Tetraratrol. Ils disent qu'ils ne font pas d'essais sur les êtres humains. Mais je ne les crois pas. À mon avis, ils font des essais au SAS. Sur vous. Avec l'aide de Dex! Et c'est pour ça que l'homme en noir, celui de la compagnie, vous surveille sans arrêt. Il doit vérifier que les essais vont bien.

Le Tetraratrol sert à éliminer la tristesse et la déprime, en nous rendant insensibles aux émotions, amorphes, comme en glace. Comme vous tous. D'après le vétérinaire légiste à qui j'ai parlé, si les humains prenaient une dose trop forte, ils pourraient devenir très malades. C'est ce qui doit vous arriver! Zan! Tu ne dois pas boire cette eau. Et tu ne dois laisser personne boire cette eau!

L'eau! L'eau! L'eau! Ça va. J'avais déjà compris Lostmax!

Je lis la dernière petite phrase de son courriel, la plus compliquée.

Et tu dois ABSOLUMENT trouver un moyen d'arrêter Dex!

Oui, facile à dire! Mais comment je fais ça?

26 JUILLET

À l'appartement – 20 h 36
On a travaillé comme des débiles au SAS aujourd'hui... à préparer le spectacle. On a tous bu de l'eau. Beaucoup. Mais au moins, elle n'est plus mauvaise maintenant. Personne ne s'en rend compte encore. Ils sont encore tout endormis! Il dure longtemps dans le corps, ce médicament!

Filis et moi avons changé l'eau de la fontaine hier soir, en cachette. Jusqu'ici, tout va bien. Notre plan fonctionne.

Madame Ursule ne s'est pas encore remise de ses émotions. Elle pleure encore ses fleurs perdues. Et surtout, elle pleure le fait que monsieur Paige l'a regardée d'un drôle d'air. Comme si elle avait assassiné ses géraniums!

27 JUILLET

À l'appartement — 23 h 16
J'ai toujours du travail au SAS. Il me semble que les amis commencent à se réveiller un peu. Filis

et moi avons décidé d'attendre encore quelques jours. En attendant, on se paie toujours la corvée de changement d'eau en cachette ! Je commence à avoir des bras !

Élixir a réussi à apprendre un mot ! « Zan » ! Il dit « Zan » et, ensuite, il se frotte dans mon cou ! Je l'adore ! C'est l'oiseau le plus intelligent de la terre.

Madame Ursule... ben madame Ursule est allée se racheter de nouvelles fleurs !

28 JUILLET

À l'appartement — 20 h 24
Bon. On sent que l'atmosphère se rétablit au SAS ! L'énergie revient. Filis et moi, nous avons décidé qu'on bougerait demain. On va essayer de prendre Dex en flagrant délit... sur le fait, comme qui dirait.

On n'a rien dit à Rom. Filis se méfie encore trop de lui.

Bon. J'arrête d'écrire. Il y a Élixir qui veut me parler !

29 JUILLET

Au SAS — 17 heures
— Rassemblement !

Le troupeau se ramasse autour de Rom. Simon aussi, qui est revenu. Il a même l'air très en forme ! C'est sûr ! Il n'a pas bu de la mauvaise eau le temps qu'il était à l'hôpital !

— Zan veut vous parler !, dit Rom.

C'est moi qui lui ai demandé de faire cette petite réunion. Je n'ai pas voulu lui expliquer d'avance, mais il n'a rien dit. Je crois qu'il me fait confiance.

— C'est à propos de notre musique, Zan ?, fait la petite Sofi. Et elle part à rire. De son beau petit rire qui sonne comme des grelots. Je me sens toute réchauffée. Notre plan fonctionne. Même Sofi a retrouvé tous ses esprits et sa bonne humeur !

— Les amis, je vous donne tous rendez-vous à minuit, ce soir, derrière le SAS.

— À minuit ? Pourquoi ?

Ils s'ouvrent tous le moulin à paroles en même temps ! Je les fais taire.

— Filis et moi, nous avons découvert quelque chose. Quelque chose qui se passe au SAS. Nous allons vous le montrer. Cette nuit. Mais pour ça, vous devez tous être là. Est-ce que ça vous va ?

Ce qu'ils sont curieux ! Ils veulent tous savoir, tout de suite !

— Non. Je ne vous dis rien maintenant. Rendez-vous à minuit ! Et habillez-vous de couleur foncée, avec des chaussures qui ne font pas de bruit. Il ne faudra pas se faire repérer.

— C'est un vrai roman policier, Zan !

— Oui... je fais avec un petit sourire. Oui... c'est un vrai roman policier ! Comme pour les adultes !

Dans les terrains vague — oo h 22

— Chuuuuut ! Il ne faut pas qu'on vous entende. Baissez-vous et taisez-vous !

Je les ai tous camouflés derrière les gros barils.

J'ai du mal avec ma troupe ! Elle est dissipée comme disent les enseignants à l'école ! Ils sont tous excités par l'aventure ! Moi aussi d'ailleurs ! Mais moi, c'est pour une autre raison ! Et si le Diable ne venait pas ce soir ? Si quelque chose l'empêchait ? Je commence à prier fort sans que cela paraisse. J'ai de la pression. Et même Rom qui est venu ! S'il fallait que je me sois trompée, qu'est-ce qu'il dirait ? Que je raconte des mensonges ?

— Chuuuuuut !

Ah ! Le voilà ! Le voilà ! Le Diable lui-même !

— Eh regardez !, fait Alexis, le clown. Il y a quelqu'un ! Quelqu'un qui vient !

Je lui mets la main sur la bouche, vite fait !

— Mais enfin ! Alexis ! Tu vas te taire !

Je regarde au bout du champ. Il y a bien un homme, qui marche courbé en tirant un baril. Et c'est vrai que de loin, il a l'air d'un diable. Parce qu'il trébuche sans arrêt, comme un vieillard qui manquerait toujours de tomber. Moi, je sais pourquoi il manque de tomber. Mais je ne le dis à personne. Je veux qu'ils découvrent tous le secret en même temps !

Voilà le diable qui avance, avance... arrive près de la grande mare. Cette nuit, on est vraiment bénis des dieux ! La pleine lune éclaire comme en plein jour ! L'homme se penche, soulève un baril et vide l'eau dans la grande mare. Lorsqu'il a fini, il jette un coup d'œil autour de lui et se redresse.

— Dex ! C'est Dex ! Mais qu'est-ce qu'il fait là ?

— Chuuuuuuuut !

Je commence à comprendre les enseignants à l'école ! On doit vraiment les ennuyer, par moment, à force de ne jamais pouvoir se taire !

La même nuit — Au SAS — 1 h

Nous sommes tous rassemblés dans la grande salle du SAS. Ça piaille ! On dirait des milliers d'Élixir qui sauraient parler ! Et tous ensemble ! Un par-dessus l'autre !

— Taisez-vous ! Taisez-vous un peu que je vous explique !

Et je leur explique tout ! Les chats morts, moi qui fouille dans l'ordinateur de Dex, l'homme en noir, tout... et l'eau évidemment !

Alors là, ils deviennent tous fâchés ! Nous faire ça à nous ! Et au SAS en plus !

J'ai, en les écoutant, le cœur tout réchauffé. Simon, Alexis, Christelle, Sofi, Filis! Tous autour de moi! Comme... comme les mousquetaires qui étaient trois, mais en fait, qui étaient quatre, mais nous, nous sommes six au moins et..., mais bon. Je m'égare!

— Il faut appeler la police!, lance Simon.

— Oui. C'est une idée! Qu'est-ce que tu en penses, Rom?

Rom nous a suivis. Mais il ne parle pas. Il est vraiment très sombre. Il finit par se lever et vient en avant. Moi je m'avance aussi. «Je vous présente tous *Jorge Valas*, que je lance! Le plus grand acrobate au monde!»

Toutes les bouches s'ouvrent. On dirait des fours à pain! «Comment ça?», qu'ils disent tous en même temps!

— Oui, c'est vrai!, fait Rom. Et il leur explique son histoire.

Dans un sens, je suis contente. C'est bien d'être entraînés par le meilleur des meilleurs!

— Et la police, Rom, tu crois que c'est une bonne idée?

Il hésite. Je me demande pourquoi.

— Pas vraiment!

Ben! Est-ce qu'il ne serait pas en train de défendre Dex? De le protéger? Je le regarde en fronçant mes mauvais sourcils! Ceux des mauvais jours. «J'ai connu Dex petit!» Rom parle lentement, comme s'il ne voulait pas vraiment parler. Ou comme si les mots lui faisaient mal quand ils sortent. Mais il continue.

— Dex était au cirque avec moi. J'étais son entraîneur. Je l'aimais beaucoup... je l'aimais comme... comme mon fils. Il était un très bon acrobate, lui aussi ! Mais un jour, il est tombé malade ! Très malade ! Ses jambes sont devenues atrophiées.

— Elles sont devenues quoi ? ratro... ?

— Atrophiées. Elles sont devenues toutes petites et infectées. Il a fallu lui amputer une jambe... lui couper une jambe. Aujourd'hui, il boite parce qu'il a une prothèse. Une fausse jambe. C'est madame Beck, qui est sa tante, qui l'a soigné. Et moi ! Nous avons quitté le cirque, l'avons amené ici, dans ce pays, pour lui offrir les meilleurs médecins. Je me suis occupé de lui toute ma vie. Il a beaucoup étudié, vous savez ! Il est devenu un très grand chimiste. Il a fait une fortune immense en inventant un nouveau médicament... pour soigner l'infection qu'il avait eue, tout petit. Il a sauvé une multitude d'enfants avec son nouveau médicament. C'est vraiment quelqu'un de bien, Dex.

— Pas si bien que ça ! Regarde ce qu'il nous a fait !

— Je sais. Je sais ! Mais c'est quelqu'un de bien tout de même. Je ne comprends pas pourquoi il a fait ce... il a fait ce qu'il vous a fait. Je ne reconnais plus le Dex que j'ai connu !

Oui. Rom a vraiment mal en nous racontant cette histoire.

— Et pour la police?, fait Filis.

— Eh bien justement! Je crois sincèrement que cela ne serait pas une bonne idée! Pas tout de suite. D'abord, nous n'avons pas assez de preuves. Ensuite, il serait préférable qu'il avoue lui-même!

— Mais il n'avouera jamais ce qu'il a fait!

— Tu as raison, Filis!, répond Rom. Je lui ai parlé l'autre jour. Très fort! Très, très fort! Et pourtant, il n'a rien voulu admettre. Il m'a simplement dit de retourner à l'entraînement et au spectacle. Alors...

— Alors, qu'est-ce qu'on fait?

— Alors, je ne sais pas...

— Moi, je sais! J'ai une idée!

Tous me regardent comme... une star! J'adore!

— Écoutez-moi! Voilà ce que je vous propose.

À l'appartement — 2 h

Nous avons parlé pendant une heure! Ça n'a pas été facile! Tout le monde parlait et donnait des idées! Mais finalement, tout est en place! Tous ont accepté mon idée! Même Rom.

— Rappelez-vous, j'ai commencé. Rappelez-vous que Dex fait partie du spectacle. C'est lui qui raconte l'histoire de Sofi qui tente de s'échapper du monde mauvais pour s'enfuir vers le monde des étoiles et de la lumière! Eh bien!, nous allons nous servir du spectacle! Voici ce qu'on va faire...

À l'appartement — 3 h 15

Je suis enfin dans mon lit. Toute contente. Élixir est avec moi.

Mais, encore plus, cette nuit, avec ceux du SAS, j'ai eu l'impression qu'on était... qu'on était une vraie famille! Des frères et sœurs! Mais pas de chicanes! Juste des frères et des sœurs! Je n'ai jamais connu ça de toute ma vie!

Je suis sûre que je vais sourire encore quand je vais m'endormir! Et, en plus, comme mon plan se déroulera pendant le spectacle, nous allons donner le plus grand et le plus extraordinaire spectacle de cirque jamais vu au monde!

30 JUILLET

Au SAS — 14 h 27

Je n'ai pas le temps d'écrire beaucoup dans mon journal! On travaille tous comme des malades!... des malades qui ne sont plus malades... hé... hé!

La fabrication des décors du spectacle a commencé. Je les ai dessinés moi-même! Surtout les arbres! De gros arbres noirs, tout sinistres! Et avec de petites portes cachées dans le tissu! Ces portes-là font partie de mon plan!

Génial!

31 JUILLET

Au SAS — 20 h 42

Pas le temps d'écrire. On travaille trop. Tout va bien. Le plan avance! Rom est content!

Juste le temps d'écrire que madame Ursule a retrouvé le sourire... sous sa moustache! Monsieur Paige a trouvé ses nouveaux géraniums magnifiques!

1ᴱᴿ AOÛT

Au SAS — 16 h 52 — Demain, c'est le grand soir! Demain, c'est le grand soir! Demain, c'est le spectacle!

Demain, Dex aura toute une surprise! Demain, madame Beck aura toute une surprise! Demain, l'homme en noir aura toute une surprise! Demain, c'est le grand soir!

Nous sommes tous nerveux! On a répété, répété, répété aujourd'hui pendant que Dex n'était pas là! Tout doit être réglé à la seconde près! Au quart de tour! On dirait que le grand Simon est encore plus grand, plus fort qu'avant! Il a vraiment un compte à régler avec Dex! Il n'a pas digéré son séjour à l'hôpital! Il pratique sa grosse voix! C'est lui qui fera «la voix de la justice». Une de mes idées ça! Alexis, le beau clown triste redevenu joyeux, a essayé son maquillage de clown blanc aujourd'hui. Il est parfait! On a tous donné notre opinion. Finalement, on a décidé qu'Alexis ne devait pas avoir de grosses lèvres rouges, mais plutôt une mince ligne rouge pour souligner sa bouche. Il a l'air plus triste comme ça!

Sofi, elle a pratiqué fort. Elle doit s'asseoir sur son fil, au milieu du spectacle, les jambes pendantes au-dessus du monde vilain. Pas facile de rester assise sur un minuscule fil de fer! Heureusement qu'elle a son ombrelle d'équilibre!

C'est moi qui tiendrai l'horaire! Presque minute par minute! Il faut que tout se passe bien! Il faut que tout se passe bien! Il faut que...

Bon. Suffit! Je dois retourner au travail!

2 AOÛT

Aïe! Le grand jour!

Au SAS — 8 h 22
Tout le monde au poste! On place les décors, les structures d'acier pour les acrobates, leurs trampolines. Le fil de Sofi! Et mes fameux arbres truqués!

Rom commence à régler les éclairages ! Très sombre en bas, dans le monde des ombres, plein d'étoiles et de soleil en haut.

8 h 32
Dex arrive au SAS. À partir de maintenant, tout doit se faire en secret ! C'est mon journal, que je laisse ouvert, qui nous servira tous pour rester en contact ensemble sans que Dex ne s'aperçoive de rien !

8 h 37
Sofi à Zan ! Zan, tu crois vraiment qu'on va réussir ? Regarde Dex ! Il a l'air tellement puissant aujourd'hui ! Tellement sûr de lui ! Il me fait peur !

Simon, Zan, Alexis, Filis à Sofi : SOFI ! PAS DE PEUR ! ON FONCE ! Et on est tous là pour te protéger !

9 h 15
Rom à Filis : Filis, as-tu préparé la pluie d'étoiles ?

Filis à Rom : Les étoiles vont envahir toute la salle, Rom ! Un orage d'étoiles scintillantes !

Alexis à Zan : J'ai préparé tout le matériel dans ma grosse valise Zan. Je suis prêt !

10 h 24
Christelle à Zan : Tu as besoin d'aide pour brancher ton ordinateur et les haut-parleurs ? J'ai du temps. Mes numéros de trapèze sont au poil ! J'ai tellement pratiqué !

Zan à Christelle : Oui. Viens me rejoindre ! Il y a le clavier, l'ordinateur et tout un tas de fils à brancher. Et Filis est trop occupé pour m'aider.

12 h 22

J'ai un peu de temps.

— Il faut manger, les jeunes !, fait Rom. Mais on a tous un peu les boyaux dans un nœud !

Il a aussi rajouté :

— N'oubliez pas d'aller boire beaucoup ! Il est essentiel de bien s'hydrater.

On l'a tous regardé avec un œil inquiet. Qu'est-ce qu'il fait ?

Dex a rajouté la même chose : « Oui, tout le monde à la fontaine ! »

On est restés un moment cloués sur place. Rom s'est avancé, s'est versé un grand verre d'eau de la fontaine et... nous a envoyé tout un clin d'œil ! On s'est retenus de pouffer de rire... de soulagement !... et on a tous bu autant que... autant que des bébés chèvres à la bouteille dans les zoos !

Des fois, je trouve que j'ai de drôles de comparaisons ! Je ne sais pas si mon enseignant de français l'aurait aimée celle-là !

16 h 42

Rom à tous : Éclairage prêt !

Filis à tous : Accessoires et décors prêts !

Simon : Trapèzes, murs d'escalade, soies et arène du cirque prêts !

Christelle : Son et costumes prêts

Sofi : Eh ! Bien moi, je suis prête aussi !

Zan à tous : Parfait ! Moi aussi !

Rom à tous : 18 heures pile. Vous allez mettre vos costumes et vous maquiller. Vous mangerez une bouchée. Pas trop ! Et vous attendez patiemment le début du spectacle !

Sofi à tous : Qu'est-ce que tu veux dire Rom par « patiemment » ? Moi, je suis complètement impatiente !

Alexis à Sofi : Il veut dire, Sofi, que tu t'assoies sur ta chaise et que tu ne bouges plus tes fesses pour ne pas abîmer ton beau costume d'or ! Et puis, tiens, puisque tu es si nerveuse, tu viendras m'aider à me maquiller !

18 h 42

Ça y est ! On ne peut plus reculer ! Les spectateurs commencent à arriver !

Aïe ! J'ai les mains toutes moites ! J'ai peur qu'on n'y arrive pas ! Mais je ne dois pas montrer ma peur à personne ! C'est dur !

19 h 22

Les gradins sont tous pleins ! Il y a une foule ! Une foule immense ! Et qui s'attend à un grand spectacle ! Pour un spectacle, ce sera tout un spectacle ! Je vois, à la première rangée, presque les deux pieds sur la piste, madame Beck et l'homme en noir, de la compagnie pharmaceutique. Ils attendent que le spectacle commence.

Vous deux, je vous promets tout un spectacle !

19 h 30

Ça y est! Rom a éteint toutes les lumières, sauf pour un projecteur au centre de la piste!

J'allume ma petite caméra. Je veux tout filmer!

D'accord! Son et image fonctionnent.

J'appuie sur mon clavier. Musique!

On est partis!

19 h 33

Dex s'avance au milieu de la piste, seul. Il est magnifique dans son beau costume de monsieur Loyal, le maître du cirque.

— Mesdames et messieurs! Préparez-vous à entendre une histoire qui vous brisera le cœur! La plus belle histoire au monde! L'histoire infinie, l'histoire sans fin, l'histoire du bien contre le mal!

Bang! Percussions! Les enfants frissonnent dans la salle! Je les vois de mon perchoir!

— Voici Sofi, continue Dex. Sofi! La petite Sofi... l'image de l'enfance brisée, maltraitée, humiliée... Une enfant, comme dix mille enfants, que le monde des ombres a détruite... Une enfant pour qui la lumière a été éteinte! Pour qui l'espoir a été broyé! Pour qui la vie est un long combat solitaire et douloureux...

Il est quand même bon, Dex. Il parle d'une voix tellement dramatique! Une voix qui tombe comme un couteau sur les spectateurs!

Bon, voilà Sofi qui apparaît dans la lumière avec sa belle robe d'or. Parfait, elle est à son poste, avec un air brisé, souffrant. Elle est bonne comédienne, Sofi. Et si elle est nerveuse, on ne le voit pas !

Allez Rom ! Envoie la brume ! Mais qu'est-ce qu'il fait, Rom ? On a besoin de toute une couche de brume pour notre plan !

Ah ! Voilà ! Les gros ventilateurs tournent à plein régime ! Parfait ! Tout va comme prévu !

— ... Sofi est à bout de résistance !, continue Dex. Elle erre parmi les ombres, sans cesse, à la recherche d'un monde meilleur ! Mais où est ce monde meilleur, petite Sofi ? Où est-il ? Tu ne vois rien à l'horizon...

Rom vient d'allumer la lune ! Et le ciel rempli d'étoiles ! Oh ! Que c'est joli ! Sofi lève la tête et tous les spectateurs aussi ! Elle s'approche de la petite échelle qui monte à son fil de fer.

Musique !

— Sofi vient de découvrir, enfin, enfin, un monde meilleur ! Celui de la lune, du soleil et des étoiles ! Sofi, pourras-tu monter, toute seule, si petite, vers les étoiles qui te sauveront ? Non Sofi ! TU NE POURRAS PAS !

Et là, Dex prend la voix la plus dramatique qui soit, avant d'ajouter :

— Non ! Car le monde des ombres te retient ici, en bas !

Même à moi, il me fait peur !

Voilà les acrobates! Ils entrent en rondade. À deux, en culbutant l'un sur l'autre. Comme des roues! Et ils se déchaînent! Saltos, vrilles! Magnifique! Simon est si puissant! Ils représentent les ombres.

Sofi essaie de monter l'échelle, et les acrobates la font tomber. Retomber. Et retomber encore! Les vilains qui retiennent l'enfant d'or! Elle essaie encore de monter, tombe encore, toujours repoussée par les acrobates qui virevoltent autour d'elle!

Impressionnant! Et triste!

Allez Alexis! À ton tour!

19 h 58

Alexis entre en piste! Il tourne son gros ballon rouge, s'enroule autour et roule avec lui. Les spectateurs font des «Ah!» et des «Oh!».

Comment se comporte Dex? Parce qu'il ne s'attendait pas à voir Alexis le clown! Il n'avait pas prévu cela! Je vois Dex qui fronce les sourcils, regarde un peu autour sans en avoir l'air, cherche Rom des yeux. Mais évidemment, il ne peut pas le voir! Rom est dans les coulisses, camouflé dans le noir total!

Alexis s'approche de Dex! Il traîne sa grosse valise de magie avec lui. À ton tour, Alexis! À ton tour de parler! Je me croise les doigts!

— Dex!, dit Alexis avec sa petite voix triste. Dex! Que fais-tu aux enfants? Tu es l'instrument du mal! Celui par qui le mal survient dans le monde et empêche les enfants de voir la lumière!

Dex est complètement désarçonné. Il ne comprend plus! Selon son scénario, Alexis ne devait pas parler. Juste faire le clown!

Dex commence à jeter des regards inquiets autour de lui. Alexis ouvre sa grande valise pleine de trucs. Il en tire un... un fusil à eau... et arrose complètement Dex! Des pieds à la tête!

La salle rit! Sauf Dex, qui va de plus en plus mal!

— Dex, continue Alexis, tu as empoisonné l'eau! Tu es le maître du Mal...

Et, tout à coup, tombe du ciel la grosse voix de Simon, comme un tonnerre dans un ciel bleu d'été.

— Dex! Dex! L'heure de ton jugement a sonné! Tu paieras pour tes crimes!

Dex est blanc comme la neige. Et soudain, il se met à vaciller sur ses jambes! Moi, je sais pourquoi! Parce que Filis a rampé sous la brume, sans que Dex puisse le voir... et lui a arraché sa fausse jambe!

Et voilà que Filis se relève. Il tient dans ses mains la jambe de Dex et la montre au public. Comme un trophée!

Dex s'effondre au sol!

Musique dramatique! Ma musique, c'est prévu comme ça, fait peur à toute la salle!

C'est l'heure où je vais enfin pouvoir voir si mes fameux gros arbres, ceux que j'avais dessinés... bien, je vais voir si c'était vraiment une bonne idée.

Les arbres s'ouvrent! Les arbres s'ouvrent et, de la petite porte secrète qu'on avait fabriquée avec le tissu des troncs, toute la troupe sort!

La salle fait « Ahhhhhhhhh! »

Dex regarde les acrobates avancer vers lui, les yeux grands ouverts! « D'où sortent-ils tous? », doit-il se dire! Ce n'est pas le spectacle que j'avais prévu!

C'était ça, l'idée de mes arbres creux! Que Dex ne soupçonne pas que toute la troupe s'approche de lui et le cerne, comme pour un tribunal suprême! L'idée des arbres creux, j'ai pris ça sur *Troouve* : l'histoire du cheval de Troie, qu'ils appellent ça! C'est l'Histoire... Bon, je n'ai pas le temps maintenant!

Toute la troupe a entouré Dex! Les acrobates se prennent tout à coup les mains et réalisent le plus grand main à main que je n'ai jamais vu! Un « main à main », c'est une pyramide de corps. Simon, le plus fort, le plus puissant d'entre nous, s'est hissé au sommet de la pyramide, en passant par les épaules de tous les acrobates!

Il fait le juge suprême! Lance de sa voix la plus dure:

— Dex! Dex! Nous avons découvert ton mauvais cœur! Nous avons vaincu la peur! Nous sommes maintenant des frères et des sœurs! Tous unis pour ton malheur! Pour TON malheur!

C'est... c'est hallucinant. On dirait... on dirait du grand drame! Comme dans mes films!

La pyramide au complet, toutes les voix reprennent en chantant:

— Dex! Nous avons vaincu la peur! Nous sommes maintenant des frères et des sœurs! Tous unis pour ton malheur! Pour TON malheur!

Dex, au sol, ne bouge plus. Je vois de grosses gouttes de sueur barbouiller son maquillage.

Il est tout seul sous un projecteur au milieu de la piste

Guitare électrique! Et percussions!

20 h 14

— Dex, voici la liste de tes mauvaises actions!

Simon prend la voix d'un juge en colère. Je sais qu'il est vraiment en colère!

— ... Tu as empoisonné les animaux, fait mourir les petits oiseaux, éteint les enfants de ce monde par l'alchimie de tes potions magiques et empoisonneuses!

C'est moi qui ai écrit les textes! Et... « l'alchimie de tes potions », c'est moi aussi... Rom a trouvé ça étrange, ces mots-là! La vérité, c'est que je viens de voir un film... un film de sorcière et de ses boissons vertes et gluantes qui tuent les ennemis. Comme Dex! Comme quoi la réalité ressemble souvent aux films et aux livres!

**— .... C'est toi, Dex, qui empêche les « Sofi »
du monde d'atteindre la lumière! De voir les
étoiles! D'entrer dans le soleil! Tu es le maître
des Ombres! Qu'as-tu à dire pour ta défense?**

Guitare électrique! Sauvage!

20 h 18

— ... Je n'ai rien fait de mal! Je n'ai rien fait de mal! Je vous le jure! C'était pour votre bien, je vous le jure!, crie Dex. Pour votre bien!

Il est maintenant complètement anéanti! Je vois même des larmes sur ses joues!

Mais cela ne m'attriste pas! Les larmes de Dex ne me touchent pas. Il nous a fait trop de mal!

**— Tu n'es pas coupable, dis-tu! Écoute Sofi!
Écoute chanter la petite Sofi que tu as voulu
détruire. Écoute sa souffrance!**

Les spectateurs lèvent les yeux vers Sofi, sur son fil! Elle tient sa petite flûte, la porte à sa bouche et tire des notes sublimes... Puis, elle commence à chanter, d'une voix douce et triste comme un dimanche de pluie! Elle lève les bras vers les étoiles, essaie de se rendre vers elles, mais recule sans cesse sur son fil, happée par le monde des ombres! Elle s'assoit, ses petites jambes au-dessus du vide juste au-dessus de Dex.

— Un ange en partance... Vole l'oiseau... Vole... Là où on t'aimera !

20 h 38

— L'heure est venue pour toi de partir Dex !, continue Simon. **L'heure est venue pour toi de quitter ce monde que tu as obscurci.**

Projecteur ! Sur Rom ! Flamboyant ! Rom est en haut, aux trapèzes. Il saute de l'un à l'autre, lâche prise, tournoie et vole, reprend un trapèze à l'extrême limite et attrape les soies. Il descend jusqu'au sol. Il attrape Dex, complètement abandonné sur le sol, sans sa jambe.

Les spectateurs sont au bout de leur siège. Rom a pris Dex dans ses bras, remonte les soies avec lui. Dex est une vraie marionnette désarticulée entre ses mains. Au sommet, Rom réussit à se remettre sur un trapèze et, en se balançant de toutes ses forces, disparaît avec Dex dans la noirceur des coulisses !

21 h 54

Le soleil s'est allumé ! Un beau gros projecteur jaune ! Sofi est littéralement DANS le soleil ! Tous les acrobates et trapézistes volent autour d'elle, comme de grands oiseaux dans une fête du ciel.

Filis, sur un trapèze, saisit la petite Sofi dans ses bras, l'emmène voler avec lui ! Sofi est devenue un oiseau ! Un oiseau d'or ! Et sa voix est celle de sa flûte qui égrène des notes claires comme des grelots! Comme le rire de Sofi! Filis repose délicatement Sofi sur son fil. Et sa belle robe de paillettes dorées illumine et lance des milliers d'étoiles à travers le ciel! Sofi est un oiseau! Sofi est aussi une étoile!

Et tout à coup! Vlan!

Le ciel au-dessus de nous tous s'ouvre..., et une pluie d'étoiles dorées tombent et s'envolent sur tous les spectateurs!

Il n'y a pas de mots! Je n'ai pas de mots pour cette magie-là! Je suis dans un conte de fées! JE suis la fée! Les spectateurs reçoivent des étoiles d'or et se mettent à scintiller dans le noir!

Musique finale! Dernière chanson!

— Nous sommes des sœurs et des frères! Solidaires! Nous sommes les maîtres de la Lumière! Nous sommes les maîtres de la Lumière!

Nous sommes les maîtres de la Lumière! WOW!

21 h 32

La salle s'est vidée! Le spectacle est terminé!

Pas pour nous! Des comptes à régler avec Dex, à qui on a rendu sa jambe. Je m'avance vers lui, au nom de tous les autres.

— Pourquoi? Pourquoi avez-vous fait cela! Pourquoi nous avoir rendus malades et avoir tué les animaux! Pourquoi?

— Je ne voulais pas... je ne voulais pas vous faire de mal ! Au contraire ! Je voulais votre bien, seulement votre bien... je vous le jure !

— Nous, on ne comprend pas !, je continue. Il faut nous expliquer !

Il se prend la tête dans ses mains. Nous l'avons vraiment ébranlé avec notre mise en scène. C'était le but ! Sauf que là, avec ses mains qui tremblent, son maquillage défait, sa pauvre fausse jambe..., il fait quand même pitié ! Je reprends, mais d'une voix plus douce.

— Expliquez-nous, monsieur Dex !

— ...J'ai... j'ai tellement souffert quand j'étais jeune comme vous ! Tellement souffert ! Dis-le-leur Rom, comment on a ri de moi et de ma fausse jambe ! Dis-le-leur Rom, je t'en supplie !

— C'est vrai ! Tu as souffert, Dex. Mais eux aussi, ils souffrent. Pourquoi leur as-tu fait du mal ? Pourquoi ce médicament qui les a rendus comme des... comme des morts-vivants ?

— J'ai travaillé toute ma vie ! Toute ma vie a été consacrée à inventer un médicament qui empêche la souffrance. Qui empêche les enfants de souffrir ! Je ne veux plus de souffrance ! Je ne veux plus... Et puis, ces gens sont venus me voir..., cette compagnie pharmaceutique...

— Pharmacio ?

— Oui, celle-là. Ils ont dit qu'ils avaient la solution ! LA solution à la souffrance ! Un nouveau médicament. Ils ont dit que vous étiez parfaits pour le tester. Qu'ensuite, tous et chacun de vous ne souffriraient plus et ne connaîtraient plus jamais la douleur! Comme la petite Sofi dont tout le monde se moque! Je voulais tellement vous épargner ce que j'ai vécu! Alors, j'ai voulu aider cette compagnie et tester sur vous ce nouveau médicament. Sauf que…

— Sauf que?

— Sauf que j'arrivais mal à savoir combien de poudre je devais mettre dans l'eau! Je me suis trompé!… trompé dans les dosages. C'est ce qui faisait mourir les animaux… C'est ce qui… vous a rendus malades! Mais je ne le voulais pas! C'était vraiment pour votre seul bien! Pour que vous ne souffriez plus! Pour… pour votre bonheur!

— Monsieur Dex, que je lui dis doucement. Vous n'avez rien compris! Vous avez même complètement tort! Nous AIMONS être différents… et ici, au SAS, nous sommes différents… mais ENSEMBLE! Personne ne se moque de personne ici! Nous n'avons pas besoin de vos pilules!

Je ne sais pas trop quoi lui dire pour le convaincre!

— Vous avez aimé ma musique, mes chansons ce soir?

— Bien sûr! C'était grandiose!

— Eh bien! Chaque fois que je prenais vos potions magiques, je n'arrivais plus à rien écrire, rien composer! Filis n'arrivait plus à monter dans les soies! Sofi pleurait. Elle ne tenait plus sur son fil! Elle ne jouait plus de sa flûte!

— Et moi, fort comme je suis, ajoute Simon, je suis devenu faible comme un bébé!

— Et il y a moi aussi, conclut Alexis. Je préfère être un clown drôle. Pas triste. J'aime mieux faire rire que faire pleurer!

— Vous voyez, monsieur Dex! Peut-être que c'est utile, vos pilules, des fois. Je ne sais pas. Mais nous, au SAS, on n'en veut pas! Nous, on préfère chanter plutôt que dormir! Nous, on est comme on est. Mais c'est parfait. Capables d'inventer tout ce qui nous plaît. Avec des hauts et des bas! Avec des jours tristes, des jours magiques! Avec de la peur ou de la tristesse ET du plaisir!

Je ne savais plus comment finir! Alors, j'ai juste dit, comme ça, sans y penser:

— On est heureux comme on est!

Bon. Je ne raconte pas la suite. Parce qu'il y a eu quelques larmes! Quelques? Non. Des tonnes! On a fini ça comme les mousquetaires! Tous pour un, un pour tous!

À l'appartement — oo h!

— Ça va petit Élixir chéri?

— Zannnn...

Il a appris à bien dire mon nom. Je suis fière de lui.

— Ça va maman?

Bien sûr, elle ne répond pas, mais il me semble qu'elle est plus calme ! Je lui ai tout raconté. J'aimerais ça qu'elle soit fière aussi de sa petite Zan.

On a tous fini la soirée écroulés au casse-croûte ! Devant des rivières de lait fouetté ! On avait le cœur gonflé !

— Et tu as vu quand Filis lui a arraché sa jambe ?

— Et Sofi, sur ton fil...

— J'ai failli tomber tellement j'étais nerveuse !

— On n'a pas deviné ! Tu étais parfaite !

— Vous avez vu les spectateurs ? Ils ont applaudi pendant... pendant... ça n'arrêtait plus !

— Hourra pour les stars !

— Il paraît même qu'il y avait des journalistes dans la salle ! Peut-être que demain, dans le journal !...

Tout est calme maintenant à l'appartement. Je suis toute seule, mais je me sens bien ! Rom a emmené Dex avec lui... pour le faire soigner, qu'il a dit. Je crois qu'il l'a emmené à un hôpital. Dex, il n'était pas méchant, enfin pas vraiment. Il s'est juste un peu trompé. On a bien cherché madame Beck et l'homme en noir, mais on ne les a pas trouvés. Ils avaient disparu après le spectacle. Rom a dit que ce n'était pas grave, que les policiers finiraient bien par les trouver.

Je vais aller dormir.

Est-ce que je... Oui! Je dois aller à l'ordinateur! Mes amis virtuels m'ont bien aidée. Je dois les remercier! Allez un dernier effort, Zan! Après, dodo.

ZAN ÉCRIT À TOUS:
Grâce à votre aide, j'ai réussi à finir ma musique, écrire mes chansons... et découvrir le mystère du SAS. Pour vous remercier, j'ai mis en ligne des chansons et des images. Allez voir en entrant le code secret Victoire. C'est votre cadeau! J'espère que vous aimerez! On s'est tous défoncés!

ZAN ÉCRIT À LOSTMAX:
Je ne sais pas où tu habites ni qui tu es. Mais je sais que tu es le meilleur ami que j'ai. Sans toi, je n'aurais jamais pu découvrir la vérité. Comment te remercier?

LOSTMAX ÉCRIT À ZAN:
Par la musique, Zan! Ta musique me rend toujours heureux!

3 AOÛT

Au SAS — 9 h 52
On flotte tous encore sur un nuage! Rom est venu me voir!

— Tu es très courageuse, Zan. Merci. Merci pour tout. Tu avais raison de te battre.

— Et toi, Rom ? Qu'est-ce que tu feras maintenant ? Vas-tu nous quitter ?

C'est bizarre ! Moi qui me suis tant méfiée de lui au début, j'aurais le cœur triste qu'il parte. Comme un morceau de cœur arraché et qui ne pourrait pas repousser. Ou qu'on ne pourrait pas remplacer. Comme les fleurs de madame Ursule.

— Moi ?... Je reste ! Je suis... ma foi, je crois bien que je suis heureux avec vous ! Et puis, vous avez tous beaucoup de talent ! Mais attention ! (Il prend son air renfrogné.) Je vais vous faire travailler comme vous n'avez jamais travaillé. C'est fini la paresse !

La paresse ! Tu parles, il n'en croit pas un mot ! Je suis trop contente... je... bien, oui ! Je l'embrasse ! Il fait semblant de ne pas être content, mais je l'ai senti ramollir dans mes bras !

— Rassemblement !, je crie. Eh ! Tout le monde ! Écoutez ! Rom reste ! Rom reste avec nous !

— Ouiiiiiiiiiiiiiiiiiiiiiiiiii !

Je l'ai vue. Je l'ai parfaitement vue ! Pendant qu'on criait, j'ai vu une larme sur la joue de Rom ! Il ne pourra jamais dire le contraire ! JE L'AI VUE !

4 AOÛT

Au SAS — 9 h 14

— Rassemblement !

On est tous des petits oiseaux autour de Rom.
Il y a un drôle de monsieur à ses côtés. Un monsieur à l'air super sérieux, avec une barbe. Je
n'aime pas les barbes ! Et je n'aime pas le cigare !
Et lui, il en a un qui pend au bout de ses gros
doigts !

— Voici monsieur Trempe, dit Rom. C'est
notre nouveau directeur. Il remplace monsieur
Dex qui... qui euh... qui euhh...

— ... qui a dû partir, crie Sofi.

On rit.

— Oui, bon. Monsieur Trempe va travailler
avec nous. Je le laisse parler !

— Bonjour à tous !

Hummmm... Je n'aime pas sa barbe, je n'aime
pas son cigare ! Et je n'aime pas sa voix non plus !
Il se prend trop au sérieux, celui-là. Il n'augure
pas bien. Bon, mais ça ne fait rien. Maintenant
qu'on est tous ensemble, il ne peut plus rien nous
arriver ! Un pour tous, tous pour un !

— ... Alors, ainsi que je vous le disais, nous
allons préparer un spectacle pour Noël.

Bon, jusque-là, ça va ! Un nouveau spectacle,
on est tous pour ! Super !

— Je dois vous annoncer qu'il y aura cepen-
dant quelques changements dans la troupe...

Des changements ? Quels changements ? On n'en veut pas, de changements ! Tout est parfait, maintenant. On a Rom, on a...

— ... Certains d'entre vous devront nous quitter !

Quoi !

— Zan ! Tu nous quittes !, qu'il laisse tomber.

Re-quoi !

— Oui. Tu retournes immédiatement chez toi ! Tu fais tes valises. Tout est préparé. Tu pars !

— Mais... mais pourquoi ? Je veux rester ici ! Et puis, il y a maman...

— Je te le répète, Zan. Tu n'as pas le choix ! Tout est prêt pour ton départ.

— Mais... mais...

— Suffit ! Tout le monde à votre poste ! Et toi, Zan, à la maison !

Personne ne bouge ! Personne ne veut le croire ! Moi, quitter ma... quitter ma nouvelle famille ! Jamais ! Je me raplombe !

— Monsieur Trempe, je veux savoir pourquoi je dois partir !

— Parce que tu es un élément perturbateur !

Qu'est-ce que ça veut dire, ça, un « élément perturbateur » ?

— Tu as causé beaucoup de problèmes ces derniers temps au SAS. Tu as posé des questions, fouiné partout. Nous ne pouvons nous permettre d'avoir le moindre problème ici. Partir te fera le plus grand bien ! Et à nous aussi ! Et d'ailleurs, je te le répète, tu n'as pas le choix de m'obéir ! N'oublie pas que tu n'as pas encore l'âge de prendre tes décisions toute seule !

Et le voilà qui tourne les talons aussi sec !

Je suis paralysée ! Paralysée !

Au SAS — 10 h 22

— Zan ...

— Oui Filis...

— Je..., on t'avait préparé un cadeau... Tous ensemble...

Je lève ma tête que j'avais cachée dans mes mains... pour ne pas montrer que je pleurais. Je les regarde ! Mais, de toute façon, ce n'est pas important de me cacher. Ils sont tous là, avec des larmes aussi...

— Regarde Zan ! C'est pour toi... pour toi, de nous... Filis a la voix toute brisée.

Je regarde la boîte, emballée dans du papier d'or, comme hier au spectacle. Je souris... en tout cas, je fais un gros effort.

Je déballe le papier, ouvre la boîte et... et je deviens... je deviens... j'ai deux chutes Niagara qui coulent de mes yeux !

Dans la boîte... enfin, mon cadeau... mon cadeau, ce sont les petites bottes rouges... celles avec les talons aiguilles... celles que j'avais tant regardées, avec Filis, dans la vitrine du magasin de chaussures.

Je regarde mes mousquetaires.

On s'y met tous ensemble! Les chutes Niagara, je vous le dis!

Note à Zan: c'est trop mignon! Ce soir je mets mes nouvelles bottines sur ma page perso, code secret... code secret... Vedette!!! 🖱

À l'appartement — 11 h 52

Ils ont enlevé maman! Ils l'ont emmenée dans un affreux hôpital!

Il y avait une autre madame, une madame Doulce, qui m'attendait chez moi.

— Je suis la remplaçante de madame Beck, qu'elle m'a dit. C'est moi qui m'occuperai de toi maintenant que madame Beck n'est plus là. Ta mère est déjà partie pour l'hôpital! Elle sera beaucoup mieux là-bas!

— Mais je ne lui ai même pas dit au revoir!

J'essaie de ravaler mes larmes pour qu'elle ne me voie pas. Ma vie est finie! Ma vie est finie!

— Tu la verras quand tu reviendras. Maintenant, fais tes bagages. Madame Ursule t'aidera.

Madame Ursule va m'aider! Tu parles! Elle n'arrête pas de pleurer, madame Ursule!

— Allez! Viens maintenant, Zan! C'est l'heure!, aboie la madame Doulce.

Je me retourne une dernière fois vers mon bel appartement. Petit, tout croche! Mais c'est chez moi! Je fais le tour des yeux, le cœur serré.

— Zannnnnnnnnn

Élixir!

J'allais oublier Élixir dans mon malheur!

— Madame Doulce! Je ne peux pas laisser Élixir!

— Madame Ursule s'en occupera!

— Non. Non. Et NON.

Cette fois, je ne me laisserai pas faire.

— Sans Élixir, je ne vais nulle part! Sans lui, je vais mourir! Mourir d'ennui! Je ne le laisserai jamais! JAMAIS!

Elle me regarde, l'air fâché... l'air indécis... puis elle me lâche.

— D'accord! D'accord pour Élixir! Tu peux l'emmener avec toi!

Je cours le chercher, dans sa belle cage dorée.

Au moins, peu importe où on va, on sera deux! Et deux, c'est déjà mieux que tout seul.

En plus qu'il a appris à me parler!

Je ferme la porte derrière moi.

On est partis! Je ne sais pas où!

Bien! Courage, ma vieille!

En route vers de nouvelles aventures!

À SUIVRE